La novela de mi padre

Eliseo Alberto

La novela de mi padre

La novela de mi padre

Primera edición: marzo, 2017

ISBN: 978-607-315-154-2

Impreso en México – *Printed in Mexico*

El papel utilizado para la impresión de este libro ha sido fabricado a partir de madera procedente
de bosques y plantaciones gestionadas con los más altos estándares ambientales, garantizando
una explotación de los recursos sostenible con el medio ambiente y beneficiosa para las personas.

A Bella
A Octavio y Agustín, in memoriam
A Cintio y Fina
A Sergio y José María
A Diego y María Luisa
A Ismael y María José
A Rapi. A Fefé. A mí…

Miradme, observad a Eliseo Diego, atento al oído, la mirada atenta, en vela por un niño de seis años. Yo soy el que habla, ya lo he dicho, el que escribe, el que es escrito.

ELISEO DIEGO,
En las oscuras manos del olvido (1942)

… yo estoy muerto de risa.

ELISEO DIEGO,
Olmeca[1] (1994)

[1] Último verso escrito por Eliseo Diego, pocas horas antes de su muerte.

Prólogo

Hace diez años que salí de este pueblo...

ELISEO DIEGO,
Narración de domingo (1944-1945)

Hace diez años que salió de este pueblo. Eliseo Julio de Jesús de Diego y Fernández Cuervo, mi padre, murió el martes 1 de marzo de 1994, cerca de las nueve de la noche, en el pequeño departamento pintado de azul, segundo piso interior, que alquilaba desde hacía tres meses en una calle llamada Amores, colonia Del Valle, Ciudad de México. El nido disponía de dos dormitorios, un baño, una sala con vista al corazón de la manzana, una cocina amplia y un patiecito para el lavado de ropa. La casa de Eliseo Diego iba siendo poco a poco la de Bella Esther; en apenas diez semanas, mamá la había transformado en un santuario cálido, bienquerido. Las paredes del comedor comenzaban a iluminarse con dibujos de mi hermano Constante de Diego (Rapi), naturalezas muertas de Vicente Gandía y paisajes tabasqueños de Carlos Pellicer López; mamá marcaba su territorio, como leona en selva nueva, y había hallado columnas para colgar tres platos. En el cuarto principal, que ocupaban mis padres, el poeta tenía su rincón de trabajo

—una mesa de madera, un librero estrecho, una lata repleta de bolígrafos baratos, una flamante máquina de escribir, eléctrica—. Sobre la mesa, su colección de pipas y las bolsitas de picadura. Un cenicero. Dos cosacos de plomo pintados con tempera, emisarios de la notable colección de soldaditos que había quedado acuartelada en sus cajas de tabacos, allá en La Habana. Mi hermana Josefina de Diego (Fefé) levantó su campamento en la segunda recámara y, amorosa custodia de papá y mamá, no les perdía pie ni pisada porque ella mejor que nadie sabía que, de un tiempo a esta parte, ese par de locos podía comportarse de una manera casi infantil. Al menor descuido Bella Esther olvidaba inyectarse la insulina de las mañanas o medirse los niveles de azúcar en la sangre y papá dejaba sobre el lavamanos sus píldoras controladoras de la presión arterial o los fármacos antidepresivos que por muchos años debió recetarse con puntualidad para salir a flote en los mares de una melancolía relojera. Mal ventilada, la casa olía a sofritos. Frente al edificio, marcado con el número 1618, había una papelería (la de los bolígrafos baratos y las carpetas de tres broches) y una tiendita de abarrotes donde papá compraba cigarrillos *Delicados* sin filtro; pared con pared, una real fuente de inspiración: un gimnasio que frecuentaban actrices rubias, tronantes, ligeras de ropa. El desfile de las modelos alcanzaba su clímax a las seis de la tarde, hora en que el poeta prefería ir por sus cajetillas con cara de "yo no fui", escoltado siempre por dos amigos camilleros que tenían la misión de apuntalarlo por los codos cuando le flaqueaban las rodillas, entre el octavo y el noveno suspiro. Mi madre sonreía desde la cocina al sentirlo regresar quejumbroso. A cien pasos del edificio, se abría un parque de sombra amable, atravesado por senderos laberínticos; en la esquina distante, calle de por medio, en el cruce de las avenidas Félix Cuevas y Gabriel Mancera, se levantaba el caserón de la agencia funeraria donde a la noche, en un abrir y cerrar de ojos, habríamos de velar el cadáver de mi padre.

Fefé cuenta que ese martes el poeta se había estado quejando desde los postres del almuerzo (que si la panza, que si le dolía la cabeza, que si le estaba entrando catarro, que si sentía escalofríos); al ser consultados por mamá, sus hijos entendimos el reclamo de papá como una más de sus clarísimas manifestaciones de malacrianza, mimoso rasgo de su temperamento. Pasó la tarde de buen humor, en lo que cabe. Al anochecer, sin embargo, comenzó a faltarle el aire y se sobrepuso a dos o tres crisis en verdad angustiosas. Fefé se comunicó con el doctor Haroldo Diez, médico de cabecera y devoto lector de su poesía, quien le recomendó que pidiera de inmediato el servicio de ambulancias que solía darle atención de urgencia en trances anteriores, siempre pasajeros, en lo que él rescindía compromisos de rutina y pasaba a regañar a su paciente consentido. De caída la tarde, Fefé nos avisó por teléfono a mi hermano Rapi y a mí. La noche pintaba mal. Hablé con papá dos minutos. Le dije que ya iba en camino, para pasarle la mano. Me respondió que nos estábamos ahogando en un vaso de agua, que se tumbaría en la cama a releer un rato *Orlando* de Virginia Woolf o a disfrutar alguna película mala —que para él, cómo negarlo, eran las buenas—. La voz me llegaba en ráfagas. Las palabras se partían en sílabas, telegrafiadas en la clave Morse de un lastimado sos al que quería restarle dramatismo. Luego (¿acaso cuando supo que no podría ocultarme el martirio de sus pulmones?) se despidió de una manera tajante. Brusca. A mi padre le gustaban los finales inesperados, sin exigir la obligatoriedad de un desenlace feliz.

Murió dormido.

Cayetano, Tanito, también había muerto mientras dormía. Meses después del entierro, en La Habana, mi hermana encontró por casualidad el manuscrito de una novela que cincuenta años atrás, una tarde de noviembre de 1944, papá había comenzado a redactar de puño y letra "con la ayuda de Dios", según reza justo encima del título: *Narración de domingo.* El cuaderno estaba traspapelado en uno de esos sobres amarillos, manilas y marchitos que conservan daguerrotipos impávidos, fe de bautizos o propiedades de tumbas, entre otras minucias perdidizas. Fefé llamó por teléfono, cobro revertido, para contarme del hallazgo; desde mi refugio mexicano, en lo más alto de un cerro de pinos, entre almohadones de cúmulos bajos, yo la escuchaba nerviosa y traviesa al otro lado de la línea, sin ganas de disminuir la merecida contentura de quien halla un incunable en una librería de segunda mano. "Es casi todo un libro", me dijo y contó a vuelo de pájaro cómo lo había descubierto al revisar las carpetas del armero, donde el poeta guardaba sus aguerridos ejércitos de galos, montenegrinos, celtas, austro-húngaros, prusianos de plomo, sus invencibles regimientos insulares. "También hay muchas cartas de mamá, fechadas en esos años", me dijo Fefé: "¿Te imaginas, hermano?... ¡La novela de papá!". La frase dejó un arco iris de puntos suspensivos entre su casa y la mía. Bella Esther y los tíos Cintio Vitier, Fina García Marruz y Agustín Pi, únicos sobrevivientes de aquellos otoños juveniles, ni siquiera recordaban el manuscrito, lo que nos dice que papá tampoco confiaba demasiado en él —aunque por alguna razón personalísima nunca se deshizo del borrador, a pesar de su manía de espulgar escondites y retener sólo documentos que conservaran algún valor literario o sentimental—. Pienso que papá no podía evitar cierta condolencia ante sus textos de juventud, no así por sus escritos de madurez, a los que trataba con una rigurosidad extrema cuando, de tarde en tarde, decidía podar hojas caducas y llenaba de ripios el cesto de basura con una higiénica sacudida de manos —propia de quien tira lastre al vacío, desde la cesta de un globo aerostático—. En noviembre de 1944 papá ya había cumplido 24 años, acababa de publicar su primer libro (*En las oscuras manos del olvido*) e iba a celebrar cinco inviernos de noviazgo con Bellita. Quizás *Narración de domingo* tuvo suerte porque encontró acomodo en el fondo de la gaveta del fondo; allí, claro, por supuesto, no faltaba más, en las honduras de las credencias donde se asientan, tenaces, las cosas que olvidamos olvidar entre otros olvidos. Por lo que mi padre rumia en una línea borrosa, salida de una pluma fuente de tinta negra, andaba por Santiago de Cuba cuando inició la aventura siempre tentadora de escribir, para leer, un libro que jamás había encontrado, por más que lo buscara en muchos sitios diferentes.[2] "Yo volví avanzada la tarde a este pueblo. Caminé de la estación a mi casa entre los sembrados geométricos de los chinos, cuyas inflexibles líneas eran las mismas de cuando me marché. Cierto que mi abuela, mi gran abuela de moño blanco, no alabaría ya la bendita frescura de las coliflores y lechugas". Así comienza la novela de mi padre. El joven Eliseo Diego tenía entonces una letra casi medieval, adornada con vistosas capitulares que dificultan su decodificación. La tinta se trasparenta en el papel, borrada por el relente —que en Cuba es una de las perversidades más socorridas del diablo cuando intenta dejar sin documentación a la memoria: no hay Dios que resista noventa y cinco grados de humedad a medianoche—. El personaje principal de la novela se nombraba Cayetano, alias Tanito.

El manuscrito tiene dos fechas marcadas y sugiere tres escenarios de escritura. En la portadilla se acreditan la ciudad de La Habana y el mes de junio de 1945, pero en la página catorce se mencionan otras poblaciones, Sagua la Grande y Santiago de Cuba; en la diecisiete, se lee un arañazo, como

---

[2] En el prólogo de *Por los extraños pueblos,* papá revela una de sus motivaciones principales a la hora de "hacer" un libro. Luego de dedicárnoslo a sus tres hijos, dice: "A los que quisiera decir enseguida cómo sucedió que teniendo ganas de leerlo, y no hallándolo, así completo, por más que lo busqué en muchos sitios diferentes, decidí por fin escribirlo yo mismo. Pareciéndome que habrá otras razones más graves para hacer un libro, pero ninguna más legítima".

al descuido: "La Habana, noviembre 1944". En la que debería ser la hoja veintisiete, ésta sin numerar, papá se lamenta porque se le acaba de romper su pluma fuente. El título (*Narración de domingo)* remite a los relatos que integran *En las oscuras manos del olvido* y hace pensar que el joven Eliseo (ahora sí) aborda la novela desde la inercia de su libro anterior, sin haberse desprendido por entero de su embrujo. "El destrozo es apreciable", escribe en lo que parece el borrador de una carta (¿a sí mismo?), y se alcanza a adivinar un saludo entre charcos de tinta: "Suyo afectísimo, Eliseo Diego". Dos centímetros abajo, añade: "Esta narración de domingo fue comenzada, ¿pero cuándo será terminada? Cuándo. Nunca. Esa es mi opinión". En la contra cara, papá calca el contorno de su mano izquierda, sin incluir el dedo gordo (¿y acaso retoca las uñas con un bolígrafo?; Rapi asegura que no es un calco sino un buen dibujo). Encima de la mano, como un tatuaje, deja testimonio de cierto cansancio, también evidente en la caligrafía, a esta altura desparramada y confusa: "¡Bah! ¡Bah!", gime en ángulo impreciso, de proyección ascendente. Pocas líneas después, el escritor se rinde y ya no sabemos más del proyecto. Cayetano pasó medio siglo en la gaveta.

Hoy leo esos treinta folios con cierta aprehensión. Si un murciélago los rozara con el ala, si una mosca se posara sobre ellos, si mi Ángel de la Guarda estornudara de repente, el cuaderno se pulverizaría en un alarido mudo y no quedaría más que una nube de vocales volátiles. Antes de entrar de lleno en la carpintería de la prosa, papá adjunta catorce páginas de apuntes. "El texto está escrito en primera persona por Cayetano, el protagonista. Lo escribe en la calma que sigue a las peripecias, como quien mira, desde la elevación de su almohada, la extensión nívea de su techo de moribundo, semejante al friso de sus aventuras. El tema de su vida es una inmovilidad rocosa sobre la que resbala el agua anhelante de sus ilusiones, la espuma, a veces turbia, de sus sueños. A dos sueños, como a las corrientes principales de un río, intentó entregar su peso inconmovible", teclea en su máquina de escribir, y añade entre líneas, a mano. "Para él no son sueños, sin embargo. Son los huesos [...]. Cayetano intenta entonces fundamentar su vida sobre el pasado: recordará una experiencia, hará de ella [ilegible] de su vida. Esta experiencia se revela, a su vez, como un sueño". Luego regresa al tema de las corrientes cruzadas, tejido estructural de la trama: "El primero [el primer sueño] corresponde a su adolescencia. Es el más ingenuo, el menos original, el más puro [...]. Es esencial al texto, porque señala el punto más bajo de la marea, el punto de regreso, que es el de la partida. Sirve para mostrarnos la inmovilidad de la roca [ilegible] sometida a un impulso, por decirlo así, natural; para subrayar la voluntad, o la culpa, que anima a la segunda corriente con que se pretende conmoverla, en que se pretende complicarla. El segundo corresponde a su madurez. La segunda parte de la novela y de la vida de C. será dedicada a la recuperación de la experiencia de una tarde. Esta experiencia, sin embargo, es sólo un sueño. La segunda parte de la vida de C. está edificada sobre un sueño."[3] En una de las páginas de notas, el autor apuntala una primera estructura, apenas el esqueleto que debería soportar el andamiaje de la historia:

Primera Parte
1. Descripción del pueblo. Llegada.
2. Visita al Notario para buscar las llaves. Antecedentes. La familia. Detalles de la vida de C. en la ciudad.
3. La casa.

Segunda Parte
1. Frialdad y desarraigo de su memoria.
2. Encuentro de la copa.
3. Cristalización de los recuerdos en torno a la copa.

Tercera Parte
1. Historia de la aventura.
2. La familia.
3. Relaciones de C. con la abuela.
4. Regreso. Regalo de la abuela.
5. Engaño de los hermanos.

Cuarta Parte
1. Escena de la fonda.
2. Aparece el mulato.
3. Busca de la copa.

Quinta Parte
1. Final en el parque.

Una breve distracción. Mi padre fue un incansable lector de novelas (Gilbert K. Chesterton,

---

[3] Subrayado del autor.

Emilio Salgari, Virginia Woolf, Henry James, William Faulkner, Franz Werfel, C. S. Lewis, Wilkie Collins, Agatha Christie). En una noche de lluvia, por ejemplo, era capaz de olvidar quién traicionó a quién, y por qué motivo Fulano le enterró a Mengano un cuchillo carnicero por la espalda con tal de volver a disfrutar una buena novela de suspenso. Leía hasta la madrugada, enredado entre sábanas sudorosas. Los espejuelos rodaban por el lomo de la nariz. Sus hijos sabíamos que había suspendido la lectura cuando lo escuchábamos roncar; el libro, sin embargo, quedaba a notable altura, preso en su mano derecha como un estandarte. El resuello del ronquido seguía batiendo las páginas. Ese conocimiento (respeto) por el género tal vez explique sus exigencias al encarar la hechura de su propia novela. El argumento resulta complicadísimo: a su regreso, Cayetano pide ayuda para encontrar el resto de un tesoro escondido en las cuevas cercanas al río. Prueba del tesoro es una copa de oro, recubierta de alquitrán, que la Abuela robara a don Pepe, el almacenero del pueblo —misma que Tanito descubre entre los tarecos de la casa—. "La copa forma parte de un sueño de adolescencia. Al querer recordar la experiencia, lo que recuerda es el sueño, que toma como realidad [...]. Reanudará la búsqueda de ese tesoro y, cuando lo encuentre, encontrará también su adolescencia". Cayetano ("imaginación desmesurada") se convence de la realidad de lo soñado y arrastra a sus hermanos en la expedición. "Ahora, al regresar, es incapaz de distinguir entre la experiencia y el sueño, entre la aventura y la copa". Sólo cuenta con un testigo: Ambrosio el

Mulato. "A cada rato escondías estupideces para mejor inventar tus mentiras y nos daba gusto desilusionarte no interesándonos por nada", dice Ambrosio. El autor remata la sinopsis con la puntería de un experto cazador de imágenes: "Entonces C. despierta de su letargo como un tigre a quien alarman el sueño". Luego, en reflexión aparte, papá se pregunta en segunda persona del plural: "Problema principal: ¿nos da o no nos da material para una novela el tema que consideramos? El tema esencial es el de la aventura o día que se pretende recuperar. La primera parte, entonces, que no tiene relación con este tema sino en cuanto le es un presupuesto necesario, ¿puede extenderse hasta constituir cuerpo de novela?", y responde a renglón seguido, seguro de su propia inseguridad: "Sí, si se logra que la primera parte sea en efecto un presupuesto de la segunda. Que sean incluidos en ella todos aquellos incidentes que sean necesarios a la segunda y que en la segunda es preciso incluir como narraciones incidentales". Frase a frase, el escritor va torciendo la espiral de sus dudas: "Cayetano es un soñador, sus ilusiones sueños". La maraña narrativa es de difícil resolución, pues "el hecho de que la ilusión del futuro sea en Cayetano un sueño, ¿no dependerá de una imperfección que le es consustancial?", de manera tal que los personajes secundarios (la Abuela, el hermano Pablo, el hermano Andrés, los padres, Ambrosio el Mulato, el Notario, don Pepe, Alejandro, el Cura párroco) "no sueñan sus destinos: los cumplen".

El joven Eliseo no se decide a comenzar el relato sin antes despejar esas complejas ecuaciones:

"Lo dicho en la página anterior es falso. La primera parte no puede sustituir las narraciones incidentales de la segunda, porque precisamente estas narraciones son elemento esencial de la segunda, en cuanto representan la recuperación del pasado, que va integrándose lentamente, a la manera de los crecimientos coralinos, en torno a la tarde de la aventura", por lo que papá propone una "Alternativa: C., al regresar a su casa, se siente incapaz de recordar nada de su infancia, lo que atribuye a la enfermedad. Lo que puede recordar se le aparece como frisos inmóviles. Recuerda las figuras, pero están petrificadas en sus gestos como estatuas o fotografías [...]. Ha querido darse el gusto de revivir melancólicamente, como a sombras, a sus padres y hermanos. Pero ha regresado justamente como si no hubiese pasado nada: no hay distancia que haga posible el recuerdo. Sus padres y hermanos sencillamente no están en casa. Abatido por esta indiferencia se sienta en el patio y procura recobrar el pasado mediante la repetición de una experiencia de su infancia: bajo el algarrobo, como en su infancia, hará castillos en el aire, figurará su porvenir. Insensiblemente, lo que hace es revivir su pasado inmediato. Cuando se da cuenta de esto se levanta de golpe, angustiado [...]. El primer capítulo estará dedicado entonces a la <u>inmovilidad</u> [...]. El segundo capítulo se inicia desde la almohada, es decir, desde el cuaderno, es decir, desde la memoria, desde el fin".

Hasta donde mis hermanos y yo hemos podido descifrar, en algún momento de la narración papá tuerce el hilo de la historia y propone que Cayetano muera dormido y, claro, en su nueva condición no puede regresar de su eterno viaje, entrampado en un callejón sin escapatoria, por lo que comienza a deambular por los sueños de sus parientes y allegados, alucinaciones ajenas que flotan en el limbo onírico de la imaginación. "Abrí despacio la puerta y entré como quien entra en un sepulcro. Me pareció que la casa se desahogaba [de mí] como un cansado agonizante [...]. La vida es sueño y todos la soñamos, pensé entonces mientras me deslizaba de un cuarto a otro procurando hacer el menor ruido posible [...]. No sin temor he abierto los lánguidos escaparates, imaginando tropezar con no sé qué cómica criatura, algún pañuelo, quizás, o una media solitaria que en su patética solicitud sería la imagen más cruda de otra muerte". A saltos, de extrañeza en extrañeza, Cayetano (o lo que perdura de él) se va enterando de cuánto lo aman u odian sus seres queridos, un conocimiento que no le sirve de alivio, pues no tiene forma de pedir perdón ni posibilidad alguna de concederlo. El descubrimiento lo abruma. "Mis hermanos y yo teníamos, cuando jugábamos a los ladrones, un tribunal que se reunía en esta sala. Mi hermano Pablo procuraba que le diese en la cara el verde, mi hermano Andrés que le diese el azul, yo que el rojo. Hoy que he vuelto solo a casa, luego que sonó el gran eco de la puerta hasta lo último, me detuve en mi sitio antiguo. El rojo me bañó la cara y extendí los brazos: sobre una mano sostuve el verde, el azul sobre la otra". Papá no incluye el desenlace, así que el durmiente vuelve a quedar descolgado, errante, dantesco, abriéndose paso a aletazos entre la niebla de una novela inconclusa. "Yo creo que nadie puede ordenar su vida, que nadie le pueda escribir argumento y dejar luego que ella llene por sí las descripciones y adorne con alguna que otra sorpresa los diálogos. Un verbo más bien reflexivo me parece oportuno. Creo que cada cual padece su vida como una enfermedad. Pero entonces tenía ambición, es decir, orientaba mis días hacia una imagen, hacia mi sueño. Las ilusiones son iguales a los recuerdos, *amigo mío*. Sólo que aquellas se arraigan en lo que llamamos futuro y no en el pasado". Ahora que copio el párrafo, me pregunto: ¿quién será el tal *amigo mío*? Por más que busco en la bruma del manuscrito, entre borrones, detrás de las oraciones lamidas por la humedad, siempre sedienta, no encuentro otra referencia a esa huidiza persona, y como sin duda me considero el primer lector de la novela,[4] al menos por un rato, asumo que seguramente soy ese amigo cercano al que el joven Eliseo le cuenta sus sueños, aun cuando me faltaban siete años para nacer aquella tarde de 1944 en que se sentó a escribírmela —y casi sesenta para llorar leyéndola.

Todo termina con un dibujo que papá traza al borde de la página treinta y dos: un hombre de boina y bigotes, lejanamente parecido a mi abuelo Constante de Diego, mira a la distancia al tiempo que ofrece en la palma de su mano izquierda un objeto que no se alcanza a precisar, envuelto como está en un lío de rayones. Diez años después de la muerte

---

[4] Recientemente, la escritora cubana Ivette Fuentes de la Paz (querida condiscípula) ha terminado un estudio sobre *Narración de domingo*, aún inédito.

de mi padre, yo volveré a su pueblo abandonado. Lo haré por él, por mamá, por mis hermanos, por mí. Leeré en voz alta las cartas de Bella. Avanzada la tarde, caminaré de la estación a casa entre los sembrados geométricos, cuyas líneas serán las mismas de cuando me marché. Cierto que nadie alabará la bendita frescura de las coliflores. Bajo el algarrobo, como en la infancia, haré castillos en el aire, figuraré el porvenir desde la elevación de una almohada. Cuando me dé cuenta, me levantaré de golpe, angustiado. Dos ríos. Dos corrientes. Dos sueños. Uno a uno. "Hace diez años que salí…" Hace diez años. Hoy lo sé: debo terminar la novela de mi padre. Y ésta es, *amigo mío.*

Primer sueño

Nos dio por morirnos. Sólo mi abuela, cuyas convicciones arraigaban más hondo, y yo, que no tenía ninguna, vimos asentarse en su acostumbrada transparencia, apenas rozada normalmente por el canto de los gallos o el silbido lejano del tejar. El que no me conoce dirá que hablo a la ligera…

Eliseo Diego,
Narración de domingo (1944-1945)

1.

Las cuatro últimas palabras que papá me dijo nunca se las había escuchado en cuarenta y dos años: "Vete al carajo, hijo". La orden me hizo gracia y colgué el teléfono. "Vaya, caray, qué maneras", le comenté a Diego García Elío —que ese martes de marzo había ido hasta mi palomar de la calle América, colonia Los Reyes Coyoacán, ansioso por confesarme que tenía la frágil impresión de ser feliz: se pensaba enamorado—. Corría brisa aquella tarde. Bebíamos J&B en las rocas. Entre los de mi familia, e incluyo a los amigos, resulta práctica habitual intercambiar a quemarropa insultos cariñosos, algo que a extraños suele sorprender por la espontaneidad de los improperios; gracias a ese sistemático ejercicio del ingenio hemos logrado algunos magistrales. El día anterior, yo había sido una sabandija de escusado y Rapi una rata albina y Diego un cerdo en un charco de aguas de albañales. Sin embargo, el tono de la frase me congeló la frente y me puso a sudar. Yo no lo sabía, papá sí: se estaba muriendo. Mi hermana Fefé volvió a llamar por teléfono. "Se ahoga", dijo. Hablaba llorando. "¡Los pingüinos!", exclamé al colgar: "¡Los pingüinos!". Los hielos se derritieron en el whisky. Diego condujo su coche a toda velocidad por la calzada Miguel Ángel de Quevedo y era tanto el tráfico en la Avenida Universidad que, para invadir el carril de Gabriel Mancera, no dudó en cortar camino a contra corriente. Mientras él llevaba el timón y movía la palanca de cambio, yo apretaba el claxon con el pulgar izquierdo. Volábamos. Cuando me senté junto a papá, en su cama, una gota de sangre le colgaba del labio inferior. Una gota fresca, también mía. El poeta llevaba camisa blanca, mal abotonada, y pantalón negro, de diario. Murió despeinado. Un calcetín en el pie izquierdo. Le acomodé las manos sobre el pecho, acorde a las convenciones funerarias, y me pregunté si sería capaz de perdonarle esa extraña despedida: "Vete al carajo, hijo". Terminaba aquel martes primero de marzo de 1994, una fecha hasta entonces vacía. Y en el televisor del cuarto (sin audio, sin música de fondo, sin esperanza alguna) Charles Boyer, un agente confidencial e impávido, el mismísimo Charles Boyer, se abotonaba su gabardina y se perdía de vista por una callejuela tan silenciosa como oscura.

"Creo que murió, no me atrevo a entrar en su cuarto", nos había dicho Fefé a Diego García Elío y a mí al llegar a la puerta del edificio de la calle Amores. La casa olía a lentejas. Mi hermano Rapi estaba asustado. Me inquietó el tic de sus párpados: se había encogido. Rapi tenía de pronto doce años. Mamá fumaba en la sala. "¿Sabes qué pasó, Lichi?", dijo en una bocanada de humo: "Tu padre pidió que lo despertaran cuando comenzara la película del Canal 11, pero era un viejo suspenso de Charles Boyer que habíamos visto hace años en un cinecito de La Habana y lo dejé dormir un rato". Siempre he tenido la impresión de que entre mamá y papá no quedó nada pendiente, nada de nada, ni siquiera una mísera mentira por revelar: luego de cuarenta y cinco años de matrimonio debieron haber acumulado más de un agravio, alguna que otra causal de roña o de celo o de cansancio, señales de desencanto, pero contra viento y marea lograron resolver dichos pendientes en la privacidad de una relación basada en la confianza. Ese pacto de perdones recíprocos fue tomado de común acuerdo; en consecuencia, tales secretos o reclamos terminaron guardados en los sótanos de sus recuerdos, donde ellos decidieron soterrarlos bajo cuatro varas de silencio, a cuenta y riego. Mamá fumaba. El departamento daba vueltas en redondo.

La memoria también. Era la tercera vez que Eliseo Diego se moría. La primera fue en el año 1975, la noche que un infarto masivo le paró en seco el corazón. Después del café con leche de la cena, papá y mamá habían visto en el televisor una de sus películas favoritas: *Key Largo*, con Humphrey Bogart, Lauren Bacall y Edward G. Robinson. En La Habana chiflaban ráfagas huracanadas; el viento sacudía la fronda de los árboles, igual que en el trepidante filme de John Huston. Mal presagio. Rapi lo llevó de urgencia al Hospital Manuel Fajardo, cercano a casa, y Fefé se quedó cuidando a mamá. Yo no estaba localizable. Rosario Suárez, Charín, bailaba en el Teatro García Lorca, y me gustaba aplaudirle cada función. Dice Rapi que el médico de turno reconoció al poeta y por ello se atrevió a formularle una pregunta inesperada: "Don

Diego, dígame, ¿acaso tiene la sensación de estar muriendo?". Luego explicaría que ése es un síntoma inequívoco, una pista, pues la muerte ronda: por eso los perros ladran con el rabo entre las patas y las yeguas recién paridas relinchan en las caballerizas y los cuervos levantan vuelo al sentir su espantapájara y movediza presencia. "Dígame, don Diego, ¿sí o no?". Papá asintió al mejor estilo del mejor Bogart. Lo acostaron en una camilla metálica del Cuerpo de Guardia, en lo que los especialistas leían los mensajes cifrados del electrocardiograma y acordaban en equipo los pasos que debían dar en esa vertiginosa carrera contrarreloj. Papá tomó a Rapi de la mano y dictó en vida, casi sin aliento, lo que entonces parecía el único mandato que nos dejaría en herencia a sus tres hijos: "Quieran mucho a su madre, quieran mucho a su país". Un coletazo de dolor lo retorció en un arco. Ojos vacíos. Después de su sorprendente resurrección, papá contaba que la última imagen que tuvo de este mundo fue la de una enfermera obesa que avanzaba hacia él con decisión y total conocimiento de causa, "una de esas mulatas saludables y magníficas que cuando se detienen siguen moviendo la mantequera hasta que el abdomen se posa por gravedad", decía al recordar a su salvadora. La enfermera comenzó a golpearle los muros del pecho, lateral izquierdo, hasta hacerlo regresar a las malas, ya que por las buenas podía considerársele un caso perdido: "No se puede morir", decretó. Tres noches más tarde me quedé con él en la Sala de Terapia Intensiva. Había pasado el susto, pero papá seguía hundido en un profundo ostracismo, acaso más peligroso que las cicatrices que comenzaban a sellar las heridas. "Tantos años pensando con qué frase me iba a ir a bolina... y esa se antojaba perfecta, pues testamenta lo más valioso que poseo, *quieran mucho a su madre, quieran mucho a su país...* Tú verás, hijo, que cuando me retire definitivamente al otro lado, diré alguna tontería sobre la impermeable belleza de los pingüinos".

¡Los pingüinos, eso era, los pingüinos!

2.

La otra vez que debió morir hacía frío. Ocurrió una noche cerrada de diciembre. Recuerdo que era diciembre y noche cerrada porque supe de este infarto en la piscina del Hotel Nacional, donde se ofrecía una recepción a los participantes y organizadores del Festival Internacional de Cine de La Habana. "¿Nunca te ha picado una abeja muerta?", me dijo papá cuando llegué al hospital. Era una pregunta que Humphrey Bogart no supo contestar en la película *Tener o no tener*. La respuesta es "cuando la pisas descalzo, te clava el aguijón". Esta segunda sacudida tuvo consecuencias graves, y no por lo que nos recomendaron los cardiólogos sobre la necesidad de que el paciente dejara de fumar las dos cajetillas de cigarros que aspiraba en quince horas o la indicación de que hiciera ejercicios físicos (algo menos fatigoso de lo que pudiera pensarse, porque era un notable caminante); el proceso pos-operatorio se complicó, y vaya si se complicó, cuando nos dimos cuenta de que papá estaba pasando de la crisis corporal, física, a una crisis de espíritu, y ninguno de nosotros sabía cómo impedir ese tránsito, esa caída al abismo de la indiferencia. "Tu mal, Eliseo, produce dolores brutales, casi óseos, irresistibles", le dijo un siquiatra de experiencia: "Se llama melancolía, pero yo sé aliviarlo", añadió con autoridad y le recetó un cóctel de medicamentos fulminantes.

Papá estaba desvalido. Consumía horas y horas tumbado en la cama, sin leer siquiera, la vista clavada en la cal del techo, y apenas se animaba unos minutos cuando venían a verlo sus amigos Cintio Vitier, Fina García Marruz o los siempre leales Agustín Pi y Octavio Smith. Muchos jóvenes escritores de los ochentas lo recuerdan así, debilitado de ánimo por la enfermedad de su alma. Lo visitaban a menudo. El poeta reaccionaba con gratitud a esos tratamientos del cariño y la admiración, pero volvía a su mutismo cuando se veía de nuevo solo. Al cerrar la puerta, el mundo se le venía encima; sin dominio de las emociones, el látigo de sus palabras nos pegaba duro, durísimo, como si sus seres queridos fuésemos de alguna manera culpables del alud de angustias que le impedía sentirse amado. Muchas veces perdí la paciencia al intentar un consuelo emergente. Su mirada, esquiva, no encontraba reposo. Se fugaba hacia adentro, entre tripas. Escondía botellas de ron barato en el escaparate y las iba consumiendo en sorbos sedientos, la puerta del espejo entreabierta, como un ladronzuelo o un muchacho. La candelilla de los cigarros le quemaba las guayaberas, antes manchadas por las babas del café. Desde cualquier punto de la casa podíamos escuchar sus explosiones de lamento: el nombre de Dios, prisionero entre las redes de la queja, pegaba contra las paredes. Ay, ay, Dios, ay, ay. El grito iba dejando un rastro de silencio. Mamá tragaba suspiros en la cocina. Ya, poeta, no pasa nada. Papá no quería que le cortaran las uñas de los pies ni de las manos. Andaba derrumbado. Parecía un loco bajo un puente. Fue por esos días que lo vi desnudo de cuerpo entero. Siempre había sido recatado. Jamás se sentaba a la mesa sin camisa. Dormía en piyamas. Pero ese día salió encuerado. Me asustaron sus piernas flacas, los huesos de la cadera, el costillar de caballo, su sexo —mi pudoroso hacedor—. Lo cubrí con lo que pude. Temblaba mi niño anciano. Yo creía que sólo era feliz cuando dormía su siesta, pero ahora que lo pienso, quién sabe con qué soñaba.

Los extremos se tocan, reza un proverbio. Desde el punto máximo de la depresión, papá podía darle vuelta a la moneda y actuar de repente de una manera eufórica, divertida, sólo para regresar al estado anterior, sin causa o motivo comprobable. Quizás la mezcla de los fármacos y el alcohol tuviera que ver en este comportamiento vacilante, impredecible. "Me gustaría desaparecer del mapa", decía frecuentemente: "de una vez y por todas". Una madrugada de desvelos lo encontré deambulando por el pasillo de la casa como un centinela que recorre los muros de una fortaleza. "¡Puf, puf, puf!", repetía por lo bajo. Le pregunté qué hacía, y me reveló que esa exclamación era el conjuro preciso: bastaba con encontrar el acento ideal, la pronunciación exacta, para conseguir el prodigio de borrarse en un acto de magia. Repetí a dúo cuatro o cinco posibles ¡puf! de muy distintos calibres, y experimenté esa fascinación que deben padecer los que juegan a la ruleta rusa al adivinar en cuál recámara del revólver está la Pelona encasquillada. Papá se echó en su cama. Bajo la sábana, seguía bramando la palabrita. No era hombre de tenerle miedo al sustantivo *muerte*, incluso me atrevo a afirmar que sentía cierta curiosidad en saber qué diablos había más allá, pero el verbo *morir* le producía desasosiego. Dios le cumplió el deseo, atendió su ruego de no sufrir demasiado en la hora final, y "se elevó como un justo", sentencia religiosa y popular que a los cubanos nos causa una pacífica tranquilidad. ¡Puf! Una gota de sangre colgaba de su labio inferior. Una gota de sangre. Una gota.

Una.

La gota no había cuajado cuando por fin llegó el doctor Haroldo Diez, quien sin atreverse a mirarlo cara a cara, bañado en lágrimas de plata mexicana, dictaminó la causa del fallecimiento: paro respiratorio. El pulso de Haroldo estaba tan alterado que garabateó el acta de defunción. Enseguida la noticia circuló de telefonazo en telefonazo, murió Eliseo, murió Eliseo, y el departamento de la calle Amores se fue llenando de amor, se repletó de amigos: María Luisa Elío, Carlos Pellicer López, Andrés Gómez, Jorge Denti, Nerio y Chula Barberis, Javier García Galeano, Merodio, Miguel Cossío (padre e hijo), Juan Pin, María Luisa Vázquez, Marta Eugenia Rodríguez, Ydalia Lázaro. Ninguno podía explicarse cómo el poeta nos había dejado así, sin despedirse. Sin un chiste de gallegos. Sin un brindis. Sin sombrerazo.

—Llamen a Cuba, a Cintio, a Fina. Yo no puedo —dijo Fefé.

—Primero a tío Tin —dijo Rapi—: Yo tampoco puedo.

Cuba era tío Tin. De niños, mis hermanos y yo llamábamos así a Agustín Pi, el mejor amigo de mis padres desde el día que el destino cruzó sus dieciséis años en la escalinata del Instituto de Segunda Enseñanza de La Habana. Confiábamos en él. Cada vez que nos sentíamos en aprietos apelábamos a sus consejos, seguros de que nunca fallaría. Sergio y José María Vitier, mis primos, también contaban con su apoyo, y muchas noches de tormentas adolescentes ellos o nosotros pedimos su ayuda para que fuera a rescatarnos de los bares donde habíamos quedado entrampados. Era de esos hombres estrictos que se ponen de mal genio cuando un amigo se enferma, convencido de que sus seres queridos tienen la obligación de no sufrir, ni siquiera las destemplanzas de un simple resfriado. Tío Tin siempre llegaba a tiempo: pagaba la cuenta y, de ser necesario, se echaba a su borrachito de turno al hombro como un saco de papas con hipo. Ahora tendría que ayudarnos de nueva cuenta. Me senté al borde de la cama, junto al cuerpo de papá, y marqué el número de teléfono que me dijo mi hermana de memoria. En lo que demoraron en descolgar, yo imaginaba el departamento de los Pi-Román en penumbras y podía incluso escuchar los silbidos del viento al filtrarse por las rendijas de las ventanas, en el piso once del edificio Focsa, uno de los pocos rascacielos de La Habana. Imaginaba la ciudad, vista desde el triángulo de la terraza —las luces a lo lejos, el mar rumiando su tango de olas contra el arrecife—. Imaginaba el faro del Castillo del Morro, rastreando en la noche a mi padre en fuga. Imaginaba el saludo de tío Tin. "¿Qué hubo?", pensé que diría, y eso dijo: "¿Qué hubo?". Le dije lo que había. Hizo silencio. "¿Cómo está tu madre?". Sin esperar respuesta, añadió: "Yo me ocupo, hijo". Y colgó. Mi hermana me dio la mano. Sólo entonces respiré profundo, conté del uno al diez y entonces llamé a Cintio. Cuando respondió, yo había olvidado las palabras, cargadas de piedad, y comencé a llorar. "Tío, soy Lichi. Tu hermano Eliseo acaba de morir. Murió tranquilo, de repente. Está aquí, a mi lado, en su cama". Pobre tío, resoplaba. Tío padece de asma. Me contestó su alma: "Regresen a casa", dijo, "Dale, vengan ya, rápido". Esa noche, tío también murió un poco: le cortaron un pulmón de su pasado, un trozo de su sombra, gajos de alegría. Cercado por la soledad, sabe Dios cómo le dio la noticia a Fina. No he querido preguntar. Fina y papá se adoraban. Quiero decir, se adoran. Vienes de una infancia pura, / dulce y taciturno hermano, / como el pan de la ternura / de la mano", escribió tía Fina en 1954: "Y quisiéramos seguirte, / por tu suave mundo extraño, / y pedirle a Dios que nada / te haga daño". Ella hubiera querido ir tras él por su nuevo mundo, extraño. Un aire frío me enceró el esófago. "Vamos a casa, poeta", murmuré temblando y Fefé le calzó la sábana bajo los codos.

Miguel Cossío Woodward, por entonces ministro consejero de la embajada de Cuba en México, se hizo cargo de los engorrosos trámites del velatorio; el embajador José Fernández de Cossío le otorgó poder absoluto para que nos ayudara sin reparar en gastos: había muerto un rey de la cultura cubana y como tal debía asumirse la tarea, como las honras de un monarca. Gracias. Recuerdo a Miguel en la funeraria Gayosso de la calle Félix Cuevas. Le exigía al vendedor de la agencia que nos mostrara el féretro más vistoso, el más elegante (le gustaba uno que tenía en cada esquina un corcel de oro), y tan emocionado estaba que no oía los consejos del experto, que nos mostraba un ataúd modesto pero idóneo para trasportar el cadáver hasta La Habana. Yo lo vestí. Mamá había elegido el traje de gala, azul oscuro, la camisa nueva, de puños acartonados, sus zapatos preferidos, cómodos. Me puse su reloj en la muñeca y le sembré entre las manos una cartita que mi hija María José le había escrito en una hoja de libreta para informarle de puño y letra, a sus nueve años de candor, que jamás de los jamases lo olvidaría: "No tardes, abuelo". Luego le alisé el cabello y la barba con su peinecito de bolsillo. Siempre llevaba uno encima. Seguí de cerca el proceso de maquillaje, apenas unos retoques de colorete, unos brochazos de polvo facial, unas puntadas en los labios. Visto desde el acrílico del ataúd, parecía un almirante. Un personaje de Joseph Conrad. Eso dije por consuelo. Mamá me contradijo: "No, tiene cara de samurái: ¡Sanjuro, El Bravo!", sentenció y le puso un beso en el vidrio. Sonreí. Rapi y Fefé también sonrieron: cuando papá se anudaba la corbata ante el espejo del escaparate, fruncía el ceño en gesto grave hasta lograr una expresión graciosa, aterradora. "Soy idéntico a Toshiro Mifune", murmuraba entre dientes, alzando la ceja derecha. ¡Ay!, mamá.

Mamá no perdió la calma. Bella Esther nos ha enseñado que la muerte no es más que una forma distinta de estar vivos. Sabe conversar con los fantasmas de sus padres, sus hermanos difuntos, sus amigos ausentes, sus condiscípulas de antaño. La oigo cantarles boleros de Agustín Lara, la oigo parlotear, la oigo regañándolos. No habla sola. No canta sola. La atienden. A veces la veo acariciar un montículo de aire: mima la mano de alguno de ellos, deteniéndose en sus venas, sus callos, sus nudillos. ¡Cómo va a temer a la soledad si no la conoce! Ahí están los suyos, apenas adelantados. En apariencia invisibles. ¡Ay!, mamá nunca se queja —o cuando lo hace, ríe, para restarle importancia al puchero—. "Tiene cara de samurái, fíjense: es idéntico a Toshiro", dijo y alzó la ceja a lo Mifune.

—Buen viaje, poeta —susurró Diego García Elío y dio unos golpecitos en la caja, como quien palmea un hombro.

El vuelo de Cubana hizo escala de una hora en el aeropuerto internacional de Veracruz. Allí subieron los músicos y bailarinas de la isla que habían animado los carnavales del puerto. Entraron en cabina tarareando un pajarero guaguancó: "Han brotado otra vez los rosales, en el muro del viejo jardín..." Cuando supieron que en la bodega de la nave iba el cadáver del poeta Eliseo Diego, el jefe de la delegación se acercó a mi madre y le pidió disculpas por la escandalera. Ella le dijo que no se preocupara, que cantaban bien bonito, que su madre Josefina y sus hermanos Felipe y Sergio y su tía Lola y su cuñado Cintio y sus sobrinos Cuchi, Sergio y José María también eran músicos o cantantes ("mira, cuando mi madre perdió a su primer hijo, la oyeron tocar el piano toda la noche"), pero los artistas decidieron guardar respeto durante el resto del vuelo. Las bellísimas mulatas mantenían "la compostura", derechitas, inmutables como monjas de alguna cabaretera congregación. Cintio, Fina y Agustín nos esperaban al pie de la escalerilla, al frente de un batallón de amigos y parientes. Ya en casa, mamá se ocupó de explicarle lo sucedido a su nieto Ismael de Diego y de los Ríos. "Antes, querido Ismael, sabíamos que el poeta podía estar en el estudio o si no en su cuarto o en la cocina... Quizás se había ido a darle la vuelta a la manzana, pero regresaría. Ahora no, ahora es mejor, más lindo, porque abuelo Eliseo estará siempre en todas partes".

Un sacerdote amigo me dijo en la funeraria de Calzada y K, en el Vedado, que poco antes de viajar a México papá había ido a verlo, "y no revelo secreto de confesión si te digo que era la confesión de un niño". A medianoche se fue la luz en la zona y alguien encendió unas velas en la capilla. Recuerdo el reflejo de las llamas en el metálico ataúd: son duendes, pensé. Jaime Ortega, obispo de La Habana en 1994, hoy cardenal, ofreció una misa de cuerpo presente en la iglesia del Cementerio de Colón. El novelista Abel Prieto, entonces presidente de la Unión de Escritores y Artistas de Cuba, despidió el duelo, subido sobre la loza de mármol. El viento le arrancaba las palabras de la mano y de la boca. De regreso a casa, mamá coló café. La taza de papá desesperaba por él en su escritorio.

La Habana,
Mayo 27 de 1946

Querido Eliseo: Aquí tienes de nuevo a tu novia escribiéndote. Hoy fui de compras después del Seminario y fíjate en los resultados, papel y sobres aéreos. Tu Yitina no podrá pasar un día más sin tener esos elementos a mano. ¿Cómo decirle al Currito cómo lo quiero? Esta mañana recibí tu telegrama. Estuve muy intranquila todo el día de ayer pues creí que a las 5 sabía de Uds. ¡Qué ignorancia! A pesar de tener grandes influencias en la Western Union, que quisieron pasármelo enseguida —Josefina de Prados— no tenía las mismas en la Cía. Telefónica, que me tuvieron sin corriente dos días más. Así es, Currito, que tuve que esperar hasta esta mañana llena de paciencia y malos pensamientos. Mientras esperaba, leí con un interés insospechado todos los cables norteamericanos —que, por cierto, son muchos— a ver si sabía de Uds., pero inútil, ellos no están preparados para apreciar esas cosas. [...] Novio, ayer fui al ballet, sólo porque te lo había prometido, y puedes estar muy contento porque me sentí muy bien, no sólo por complacerte —que ya era suficiente— sino por Alicia Alonso, que bailó dos ballets, *Apollo*, de Stravinsky y *Concierto*, de Vivaldi-Bach, con la maestría de una primera bailarina. Sentí no estar contigo. En el entreacto nos pasó por el lado como una turbonada "El Maestro", muerto de calor, obscureciendo los pasillos del Auditórium. Le dije a la sin par Kikoleto que debíamos hablarle ya que estábamos solas, para poder contarte con detalles de todo lo que es capaz "la gracia exquisita de nuestro temperamento" pero, Currito, no todo el mundo tiene el valor —ya probado en miles de ocasiones— de tu novia. Kikoleto se acobardó, la muy "amarilla", y fue imposible entablar la charla fácil y deliciosa con Él. Después, en el segundo intermedio, lo asalté con un saludo jovial de: "Caramba, Lezama, buenas tardes". A lo que él contestó con su elegante cordialidad: "Buenas". ¿No es maravilloso, Currito, este diálogo? Pero no, no creas que eso fue todo, hubo aún más, le dije: "Ésta es Fina". Me respondió, cada vez más entusiasmado con mi conversación: "Ya la conocía… ¿y qué tal de ballet?". A lo que Kiko y yo respondimos a coro, llenas de júbilo: "Encantadas, encantadas". Entonces sonó el tercer timbre, dejando trunca esta conversación que, como ves, prometía ser riquísima. ¿Qué te parece, Eli? No creas que exagero, ésa fue nuestra conversación, sin quitarle ni ponerle una coma. ¡Qué larga! ¿Envidioso? Bueno, novio mío, te voy a dejar ahora pues me voy a la camita, que tengo sueño, aunque antes leeré un poco del libro que me dejaste para estar un rato más con algo tuyo. […] Currito, ¡al fin carta de ustedes!, no sabes lo brava que ya me había puesto pensando que no sabía de ti hoy tampoco. Cuando llegué al Seminario registré el buzón y nada, ni un letrerito tuyo, ni una tarjeta de Miami Beach. Pero es que, Eliseo, el cartero me hizo la maldad de ponerla en el buzón de Don Enrique y hasta esta noche he estado esperando y rabiando, ¿por qué no? Pero mi novio lindo no me iba a dejar además sin una cartica, no sería justo. Anoche la leí, la releí, la volví a leer, todos se rieron pero tu Currita, impasible, la volvía a leer cada vez más contenta. Habían llegado bien, gracias a Dios, y ya se iban para Rochester, donde mi novio se va a poner tan bien. Te quiero. Te vuelvo a querer. Un suco, otro suco, ya está bueno. [...] Novio, cuídate y pasea, mira muchas cosas para que me cuentes, y piensa en tu Cucusa, escríbele y quiérela, que ella no puede hacer más que eso por Ud.

3.

José Lezama Lima presumía de su olfato crítico. Desde su avasalladora irrupción en el teatro de la literatura cubana, el autor de *Enemigo rumor* se impuso a sí mismo la responsabilidad de ser caudillo y promotor cultural de sus contemporáneos, entonces dispersos en pequeñas cofradías de poetas, pintores y músicos. Nadie se atrevió a cuestionarle ese rol, pues su liderazgo quedaba protegido por una voluntad a prueba de desengaños. Tampoco se lo envidiarían, supongo, pues en latitudes antillanas la cultura resulta una inversión dudosa, a plazos ciegos, y el propio Lezama debía ganarse el sustento como abogado de oficio, defendiendo a delincuentes comunes en los tribunales del Castillo del Príncipe. Sin duda, pedía poco para vivir: apenas el pan de una ilusión. Allá por los comienzos de la década de los cuarenta, Lezama Lima leyó un texto en prosa de un muchacho llamado Eliseo Diego y tuvo la sospecha de que ese habanero taciturno, silencioso y demasiado educado para los estándares del cubano promedio debía estar destinado a ser el novelista que la república merecía desde su nacimiento. "La tarde en que mi madre me dijo que iríamos a la quinta de la torrecilla alta y negra, que era el centro de nuestro horizonte, sentí una oscura angustia. En torno a aquella torre se apretaban las sombras, y era el corazón de piedra, poderoso como una enfermedad infatigable, que centraba la carne de la noche, regándola de sangre". En honor a la verdad, y puestos a meditar en el asunto, a Lezama no le faltaban razones para emitir un juicio de semejante tamaño, aun a riesgo de equivocarse en una corazonada prematura. Por esa época, el costumbrismo causaba estragos en los semanarios de moda, capitalinos y provincianos. Con las honrosas excepciones de Carlos Loveira, Enrique Labrador Ruiz, Carlos Montenegro y los colaboradores de la revista *Avances*, lo mejor se publicaba en la otra orilla del Atlántico, donde radicaban las dos promesas más confiables: Lino Novás Calvo y Alejo Carpentier, ambos dedicados a desenterrar nuestras raíces africanas, desde las vanguardias europeas, para sembrarlas de nueva cuenta en los jardines de una historia que aún necesitaba entender qué rayos había sucedido en la isla (*Pedro Blanco el negrero*, de Novás Calvo, y *Ecué-Yamba-O*, de Carpentier).

Mi padre publica a los veintidós años el adelanto de una posible novela, *En las oscuras manos del olvido*. El tiraje no sobrepasó los trescientos ejemplares. Uno de aquellos cuadernos de tapas acartonadas y formato de partitura debe haber caído en manos de Lezama, siempre atento a las novedades editoriales. Y lo habrá leído con creciente curiosidad, mortificado por el asma y el vocerío de sus vecinos de Trocadero: "Ya está en la puerta, vedlo. Es un niño, soy yo, soy un niño de seis años ahí en la puerta. Éste es mi traje de seis años, ésta es mi gorra de seis años, éste es mi cuerpo de seis años, ésta es mi sangre de seis años". Página tras página, Lezama detendría el balanceo del sillón, sin dejar de aspirar su tabaco. "Yo soy el que grita, yo soy el que declama, acerco mi oreja enorme a la puerta, acerco mis ojos enormes a la puerta para ver qué está pasando". Lezama pediría a su madre que nadie lo molestara. El puro se le apagaría entre los dedos.

El escenario principal de *En las oscuras manos del olvido* era Arroyo Naranjo, un pueblo polvoriento de las afueras de La Habana con una iglesia de campanario, tres o cuatro calles pavimentadas, un puente de hierro, un tejar, un cementerio y una docena de fincas de descanso, dispersas en cuatro kilómetros a la redonda. En lo alto de una colina cercana, sobrevolado por pájaros negros, quedaba La Esperanza, un sanatorio para tuberculosos. Años después construirían una fábrica de cartón, un asilo masónico y una escuela martiana: *Consuelo Serra*. También un manicomio. Y una gasolinera.

El pueblito se ensamblaba patio por patio a ambos lados del barranco por donde corría una línea de ferrocarril que a su vez iba uniendo caseríos hasta armar una cadena pintoresca. Arroyo Naranjo era un pueblo tan estirado en el mapa que cabían dos apeaderos de tren y una estación con venta de boletaje, pintada de azul y de amarillo. Para llegar en automóvil había que tomar la Calzada de Jesús del Monte y seguir por su afluente de asfalto, la Calzada de Bejucal, una vía que se iba estrechando hasta disfumarse en la virginidad del campo. Mi familia poseía tres propiedades robustas (Villa

María, Villa Berta y Villa Margarita). Papá vivía en la del medio con sus padres y la abuela materna, y fue allí donde sintió la mordida del desconsuelo "en las oscuras manos del olvido". La tristeza sería un veneno para el cual el niño Eliseo Julio de Jesús de Diego y Fernández Cuervo no encontraría antídoto, indefenso como estaba ante el trastorno brutal de la inocencia. Sólo el tiempo cura esas heridas. Y suele equivocarse si la cicatriz tiene que ver con la figura paterna.

Una aclaración. Me detengo en estas verdades que la prudencia de la sangre esconde en la caja fuerte de nuestra historia chica, porque en buena medida ellas explican la obra de unos de los poetas más grandes de cualquier tiempo, Eliseo Diego. Papá nunca quiso poner el dedo en esas llagas: suponía que a nadie le interesaría saber el origen de su imaginario creador, la fuente de una literatura que debía explicarse por sí sola, sin andar haciendo llover de nuevo aquellos borrosos aguaceros. "Por sobre el infierno de la adolescencia pasaremos como sobre ascuas, ya que solamente un pobre diablo querría detenerse en el infierno", dijo mi padre en su conferencia *A través de mi espejo*[5] al verse en la necesidad de explicar por qué echaba a un lado esas "páginas sulfúreamente indescifrables". Si hoy cuento parte de lo que él me contó es en su honor.

[5] Revista *Unión*, año IX, núm. 4, 1970.

La Habana,
Junio 4 de 1946

Mi querido Eliseo: ¡Será posible que hayas estado cuatro días sin carta mía pero, novio, si es que yo no puedo pasar tanto tiempo sin escribirte! Los carteros, antiguos amigos, se están portando muy mal con nosotros, que tantas veces les hemos dedicado párrafos en nuestras cartas. No se lo merecen. No, Cucuso, no seas tan malo, ¿por qué crees que lo hago, para librarme de una paliza? Ojalá me la pudieras dar, eso significaría que estabas aquí (entonces sí procuraría evitarla) y eso me pondría muy contenta. Novio, ¡qué noticia me das con la de tu viaje de vuelta! Sí, ya sé que no es ahora pero tu novia, previsora, se hizo la idea de que vendrías en septiembre, así que cualquier fecha que no sea ésa, es para mí una sorpresa. Por más, Eliseo, que aunque tengo más que muchos deseos de verte, no sé si te haría bien estar aquí en Agosto. Sabes que ése es nuestro mes de fuego y, si el frío te hace tanto bien, sufrirás mucho con el calor. Dile al médico cómo es el clima de nosotros en ese mes y pregúntale si no te atrasaría en tu cura. Por supuesto que será lo mismo que te quedes allá como que vengas porque Ud. no tiene nada de importancia, según veo en tus carticas y, con el reposo que has tenido en todos estos días, tus nervios no volverán a molestarte. ¡Y que te molesten para que veas cómo se las van a tener que ajustar conmigo! Dile al Dr. Walsh que le mando un suco. [...] Así es la vida, tuvo que ir a una tierra extraña para ser considerada como se merece. Nadie es profeta en su tierra, Cucuso, nadie. Si bien, para que la regla sea perfecta, es necesario la excepción, y ésa eres tú, Cucuso. ¿Qué te parece el Lezamón? Eres la envidia de todo el que en Cuba escribe o quiere escribir. Nunca había leído algo tan generoso, tan entusiasmado. [...] En veinte años nuestra prosa dormía, solamente la tierna mirada de mi Niño de Oro pudo despertarla. Porque en veinte años, ¿quién sería el que se nos atravesó ahí, impidiendo que el Maestro dijese "en los últimos cincuenta años"? Cintio comentó que le había sorprendido en la forma que el Maestro dijo "la noche memorable". "Cómo, si Diego está enfermo, pudo escribir ese libro. Increíble, increíble" (¿no sabías ese comentario?). [...] Hasta mañana, Eliseo, acabo de llegar del concierto de Malcuzynski, pianista polonés. Es magnífico, mañana te contaré. Ahora un besito y hasta mañana, novio. Te quiero mucho. [...] Anoche fuimos al concierto, como te dije. Pasamos un rato delicioso, el de Malcuzynski, además de tener un nombre que se las trae, también se las trae tocando. No creo haber oído nada igual, todo el programa estaba dedicado a Chopin, que interpreta magistralmente. Lo único que impidió que la noche fuera perfecta fue la ausencia de mi corazón chiquito —porque yo también tengo uno—. Mientras oía el concierto pensaba qué harías a esas horas y, para poder oír como quería, imaginé que pensabas en mí. Chopin contribuyó de buena gana al sueño de tu Cucusa. Nadie mejor que él. En el vestíbulo del teatro nos encontramos con Feíto que, lleno de una sana alegría, nos presentó a su hermana Olga. Es una muchachita de quince años, de ojos muy dormidos, no tiene la nobleza de Feíto en su cara. Me dijo, como el que está muy acostumbrado a esas cosas, que le habías escrito y se interesó por tu regreso. Lo buscamos a la salida, pues Cintio, prepárate, lo iba a invitar a tomar algo al Carmelo. No encontrándolo, nos invitó a la Kiko y a mí al Jardín. Caso insólito. La noche anterior nos había llevado al cine. Pero no, novio, no creas que eso es todo, hoy estuvo aquí por la tarde y, Cucuso, me alegró tanto, me trajo un regalito: las cartas de León Bloy a su novia. Pensé que tú me las querías regalar, pero sé que a ti también te da alegría que Cintio me las haya regalado, ¿no es así? Cucuso, me voy a convertir en una Bloycista famosa, el Maestro[6] así lo dispuso y contra él nadie puede. Ayer estuve hablando un gran rato con Lino Santo Tomás, está muy delgado y con los mismos problemas de la vista que siempre. Quiere que lo tenga al tanto de lo que te suceda, le apenó mucho saber que te sentías mal. Volvió a hablar con entusiasmo de tu talento, como hace siempre, y a celebrar que seas mi novio pues está seguro que yo soy la mujer que te hace falta. Yo supongo que él ve en mí esa cosa

---

[6] Se refiere a la dedicatoria que les hizo Lezama en el libro *La mujer pobre,* de León Bloy: "A las hermanas García Marruz, a su distinción y a la gracia exquisita de su temperamento", en marzo de 1946.

misteriosa que todos me ven, de valor y alegría. ¡Si supieran, Cucuso! Pero más vale que piensen que tu Cucusa es un contrapeso, que para saber lo que nosotros sabemos ya tendrán tiempo. ¿Qué no sabes a lo que me refiero? Cucuso, yo tampoco, me he hecho un lío pero, para salir de él, te diré que me refería a mis secretos resabios y mi enorme debilidad, que tú sólo sabes y que ni siquiera el penetrante Agustinillo quiere reconocer. Tendré que seguir "pantera" por el resto de mi vida.

4.

Mi abuelo Constante de Diego y González, emigrante asturiano, autor de una novela pastoril, *Gesto de hidalgo*, había contraído matrimonio con Berta Fernández Cuervo y Giberga, una muchacha veinte años más joven, de abolengo autonomista, y las normas de la aristocracia insular jamás le perdonaron la osadía de haberla conquistado sin los dones requeridos, aunque sí los modales, pues era un caballero de intachable conducta. Papá recordaba que pocas veces le oyó mencionar a la parentela de Infiesto, el pueblo natal de abuelo. Aquel pasado no necesariamente turbio (sino quizás modesto) quedó envuelto en una nebulosa. Sabemos que desembarcó en La Habana un día cualquiera de 1915, en plenitud de fuerza pero ya viudo y con un hijo mozalbete, y que pronto consiguió empleo en la Casa Borbolla, una mueblería que ensamblaba armarios, comadritas, escribanías y juegos de comedor tan sólidos que algunas de esas piezas aún desafían la eternidad en el departamento de mi madre en La Habana, entrado ya el siglo XXI. Escaparate tras escaparate, el voluntarioso Constante comenzó a escalar puestos de mayor relevancia, hasta llegar al mostrador de ventas la precisa tarde que una señora con sombrero y sombrilla entró en la tienda para encargar unos sillones de caoba. Era mi temida bisabuela Amelia Giberga. La acompañaba su hija Berta. Abuelo se hizo pasar por uno de los dueños del negocio. Aquella cubanita de ojos negros y caderas altas y boca fina bien valía una mentira. Mintió. Y volvería a mentir si ella le pidiera una estrella. Palabra de honor. Relámpago: fue un amor fulminante. Una boda de sueños. Y una experiencia complicada, a pesar de haberle cumplido cada promesa de felicidad y embarazarla enseguida: nació Eliseo. Sus manos de carpintero lo delatarían. Eran unas manos sospechosamente rudas. Manos de pobre. De buscavidas. Estaba en la mira de Amelia. No bastó que demostrara ser un batallador incansable ni que publicase aquel romance de un pastor de la montaña, más un cuadernillo de poemas (*La casa del marino*), tampoco que el señor Borbolla lo quisiera como al hijo que nunca tuvo y le heredara el almacén, ni que abuelo ofreciera las paredes de la tienda para que pintores de la talla de Amelia Peláez y Víctor Manuel expusieran sus cuadros modernistas, ni que banqueros, embajadores y millonarios compraran allí el mobiliario de sus palacetes, tras la bonanza económica que significó para América los desbarajustes de la Primera Guerra Mundial; lo preocupante era que la niña mimada de los Fernández Cuervo y los Giberga, educada en el Colegio del Sagrado Corazón de Nueva York y destinada a vivir a cuerpo de rey donde quisiera, había elegido de pareja a un hombre sin raíces. Desde mediados de los años veinte, estaba claro que el negocio iba de mal en peor. Abuelo no conseguía que le pagaran las deudas y apenas le alcanzaba para pagarles el salario a los empleados. Era buen operario pero mal negociante. Luego de que la reputada Casa Borbolla quebrara en el crac mundial de 1929, a la par de incontables comercios que habían confiado en su clientela, abuelo quedó sin el amparo de un trabajo decoroso, sin retaguardia donde refugiarse, al descubierto. Solo. Para los aristócratas, la pobreza es un delito. Trato de ponerme en el lugar de mis consanguíneos, de entenderlos a partir de los prejuicios de aquella época intransigente, pero no consigo comprender por qué prefirieron pagar un precio tan caro si hubiera sido más sencillo darse un abrazo, tomarse una postrera copa de vino y pasar el temporal bajo una roca, mientras Constante y Berta se replanteaban el futuro a su antojo, beso a beso, pobres pero contentos.

Constante fue expulsado del paraíso. "Cuando se supo que no tenía un peso en el bolsillo, que el emigrante había levantado castillos en el aire con tal de no ser menos, él se apartó de todos", nos aseguró papá las pocas veces que se atrevió a hablar de aquella crisis familiar: "almorzaba con los jardineros, a pie de obra… Su silla presidía la mesa". Una silla vacía. Desplazado del núcleo principal de la familia por la inflexible Amelia, incómodo y quién quita que desesperanzado, mi padre vio a su padre convertido en una sombra que podaba los rosales del jardín y barría la hojarasca de los pinos canadienses en el cuadrante norte del patio. Poco a poco se fue alejando. Reducía su espacio. Se apagaba. Inventaba una Asturias ficticia. Jamás permitía que ninguna de las criadas le planchara sus dos o tres pantalones gastados: mudo, digno, desdeñoso, se remangaba los puños de la camisa, comprobaba con un dedazo de saliva la temperatura del hierro y le sacaba filo al casimir. Los vapores del almidón saturaban la estancia. Prefería cenar su "tortilla de patatas" con los peones de la servidumbre, de espaldas al caserón que él levantó piedra a piedra, allá por los días en que lo encandilaba el nacimiento de su hijo. Bebía agua del pozo. Su pozo, ese de brocal redondo que él y cuatro o cinco jornaleros habían abierto a pico y pala. Desde la rendija de la puerta, papá los escuchaba cuchichear. A la tarde, los brazos a la cintura, abuelo recorría sus antiguas posesiones, el establo vacío del caballo, los cimientos del granero, el área de los frutales frondosos, y se iba echando al bolsillo los mangos de Toledo que el viento maltrató. Su hijo lo espiaba a buen resguardo, asomadito a las persianas del cuarto de los juguetes, en la segunda planta de la mansión, hasta que su Dios se perdía de vista entre los matorrales del fondo, abducido por una avalancha de luz. Por la barranca del tren se oía tronar una locomotora invisible —serpiente en fuga—. Estoy seguro que, cuando todos dormían, papá bajaba a la cocina y, en cuclillas, ratón, a la luz de la luna que se filtraba por la claraboya del techo, pelaba con la boca los mangos de oro. ¿Sonreiría?

Abuela Berta y papá tomaron un barco y se fueron a Europa por casi dos años. Se dijo que era para fortalecer la frágil salud del niño. No lo creo. Debe haber sucedido algo grave, digo yo, muy grave porque abuelo no los acompañó en el viaje. Quedó atrás. Desdibujado y remoto, al frente de una casona abandonada. En la campiña francesa, papá aprendió a querer a una muchacha llamada Olga, que lo dormía contándole relatos de Hans Christian Andersen y Charles Perrault. Papá nunca olvidaría su voz "gentilísima". Necesitaba calor. Ella se lo dio. "¿Qué habría sido de mí sin la penumbra de los inmensos bosques de la Auvernia, sin los baños romanos de Roayat, sin las maromas del guiñol en los parques crepusculares? Mis primeros maestros de poesía se llaman Luigi, el maître del Hotel León, en Roayat, y Olga, su esposa". De regreso a la isla, abuela decidió alquilar Villa Berta y en 1929 se mudaron a la gran ciudad. Al recordar ese momento (que puedo imaginar muy bien, pues también tuve que abandonar esos jardines embrujados), papá escribe su primer soneto de juventud:

Ya vamos corazón, a donde sea,
no cuesta irse, pero cuesta mucho,
quedárame otro rato, pero escucho
lo que tu grave voz dice que sea.

Mis manos llevan los sagrados días
que salvara mi sangre del olvido.
Comienza el tiempo en lo que ya he vivido,
la tarde ausente es hoy la tarde mía.

Recuerdo ahora que debí decirle
adiós al niño que se queda solo.
Hoy vamos, corazón, a despedirle.

Adiós, amigo que te quedas solo,
me llevo alguna cosa en qué morirme,
que Dios te guarde en lo que pierdo, solo.

En esos años, abuelo desaparece de los recuerdos de papá. Cuando surge es como la cola de una ballena que emerge y se sumerge en los mares de nadie, dejando suspendida una imagen en verdad hermosa pero fugaz. El verdugo del cáncer minó a Constante. Murió sin protestar el 12 de enero de 1944. "Mi padre jamás se aprovechó de nadie ni tuvo conciencia de sí mismo", diría papá: "Prueba de ello es que no me dejó un centavo en herencia, por lo que yo no cesaré de alabarlo. No me dejó en herencia más que la poesía y una casa vieja". Recuerdo el domingo que, muchos años después, siendo yo un niño, llegó a la finca uno de aquellos jardineros de Villa Berta, asturiano y parlanchín, de nombre Severo ("perfil de águila seca"), y todavía puedo encontrar en mi memoria los ecos de la incontenible carcajada de papá, doblado de gozo ante los cuentos del jardinero. "Tu abuelo fue tremendo, Lichi, tremendo", me dijo con visible satisfacción: "¿Será que tengo un hermano negro?". No supe mucho más de lo que hablaron.

La abuela Berta se echó encima la economía de la casa, y resultó una empresaria tan exitosa que en un abrir y cerrar de ojos logró incrementar el patrimonio de sus descendientes directos. Se dedicó al negocio inmobiliario y a la pedagogía, donde alcanzó notable reputación al ser nombrada Inspectora General de Inglés en el Ministerio de Educación. Desde ese cargo, y su tenacidad, patentizó un novedoso método de enseñanza basado en el contrapunto de la palabra escrita y su representación gráfica, gracias al cual varias generaciones de cubanos aprendieron el idioma de su idolatrado Lewis Carroll sin mayores dificultades.[7] En sus últimos años, anciana, sorda y casi ciega, se emocionaba como una novia al evocar a su marido. Hablaba de su valentía, probada en numerosas escaramuzas ocasionales, y citaba de ejemplo aquella vez que su Constante se enfrentó a las trombas que levantaron de cuajo el techo de la casa, "dejándola calva", allá en las ríspidas jornadas del ciclón de 1926. Al oír el relato, sus nietos imaginábamos al abuelo caminando sin avanzar un metro ante el empuje del vendaval, doblado pero sin rendirse, o dando tirabuzones en la espiral del torbellino como una penca de palma. Berta nunca dejó de amarlo —a su manera, que es la que vale—. Llevó su viudez con gran altura. Regresó a él, a pedirle perdón, que la volviera a amar.

La única preocupación que abuela tenía mientras esperaba su boleto a la Gloria en una cama del Hospital Calixto García, era con qué imagen y figura iba pasar la inmortalidad, pues le asustaba la idea de que quedara para "pieza de museo, octogenaria y en semejante estado de deterioro". Le dije por decir que seguramente la Virgen le daría a escoger entre sus muchas edades, y ella enseguida pidió los mismos años, los mismos días y los mis-

---

[7] *Exercise and Functional Grammar y New Exercise and Functional Grammar,* Berta Fernández Cuervo, La Habana, 1952.

mos minutos que tenía cuando entró en la Casa Borbolla porque su madre deseaba encargar unos sillones de caoba.[8] "Y de paso le solicito unas pulgadas para las pantorrillas porque siempre me avergonzaron mis piernas flacas. María entenderá. Así le presumiré al enamoradizo Constante". Mamá aprobó la idea, cómplice. Ella alcanzó a conocer al abuelo y reconoce que, aun enfermo, hacía uso de un pomposo repertorio de piropos. Dice que era un ser adorable, de distinguido porte y eterna pulcritud. "Todo un caballero". Mi hermano mayor lleva su nombre y ha heredado su hidalguía. Mi hermana gemela acompañaría a papá durante su viaje a Infiesto, en 1991, y al regreso nos relataría con qué fervor el poeta emprendió la tarea de reencontrar a los suyos, tocando de puerta en puerta y preguntado en cada taberna por un hombre que siete décadas atrás había partido hacia Cuba en busca de fortuna: para su decepción, en aquel caserío vivían tantos De Diego, tantos Constantes (por no mencionar a los González), que el único trofeo que trajo consigo fue la fotografía de un aviso de tránsito donde aparece el nombre del pueblito, y la recompensa de haber conocido un minúsculo

[8] Abuela Berta no se rendía fácil. Cuando especulamos sobre estos procesos celestiales, ella apostó su aparato de sordera a que su hijo elegiría los treinta años, pues a esa edad se casó con Bella. Le dije que me parecía estupendo entrar en la eternidad con cierta experiencia, bendecido en matrimonio: "Además, el acta notarial que firmó Octavio autoriza las tandas de amor", comenté. "No digas burradas, Lichi", dijo molesta y se quitó el audífono de la oreja para no escucharme más: "¡Cómo yo con dieciocho voy a tener un hijo de treinta!".

escenario de la vida del hombre que más amó entre cielo y tierra, el indiferente paisaje de su ya indescifrable desventura.

La Habana,
9 de junio de 1946

Querido Eli: Aquí está tu Yitina otra vez cansada por los exámenes y, como siempre, contigo. Ayer recibí tu cartica en la que me decías que sabías de mí, ¡qué bueno! (yo creía que nunca llegarían). Ya a estas horas habrás recibido todas, así es que, aunque tengo poco tiempo, corro a escribirte para que no dejes de saber de este "corazón chiquito", como me dice. Ayer fue un día muy lleno de cosas (o, mejor dicho, de fonética) para tu novia. Cuando ya estaba que no podía más, se apareció el bofe Agustín lleno de sorpresas. La primera es que está TRABAJANDO. No creas que lo está haciendo a su modo, no señor, lo está haciendo al modo del jefe. Ya te supondrás lo desesperado que está. Dice, con una cara que no tengo que describirte, que allí todo el mundo trabaja, "que nadie fuma" y como podrás imaginar, si eso es así, "nadie sale al café a tomar nada". Esto es graciosísimo oírselo decir, le produce una sorpresa enorme que no se levanten un rato a conversar, tomar café y fumar un cigarro. Claro que tú preguntarás si él tampoco puede fumar. Sí, él puede pero "cómo se puede fumar sin hablar un rato". El lugar donde trabaja es "Laboratorios Lex". Horas de trabajo: de 8 a 12 y de 2 a 6. Clase de trabajo: contabilidad. Creo que con estos datos podrás tener una idea, creo yo que perfecta, de su estado. Luego nos contó de una conversación que tuvo con Gastón,[9] durante un almuerzo con él. Está G. peor de lo que nosotros nos imaginábamos. Adora al padre Spirali, dice que la labor que está realizando en Cuba es ejemplar, que todos los curas cubanos y gallegos que hay aquí deberían seguirle, la iglesia tiene que mezclarse con el pueblo, las iglesias tienen que ser claras, ventiladas, bonitas, nada de iglesias oscuras. Cuando Agustín le dijo que ésa era una influencia fatal, que nada de eso correspondía a nuestra tradición, etc., le contestó que él había recorrido ese camino y que sabía todo lo que él iba a decir, pero que todo eso era irracional. Cuando le habló de su poesía, de la poesía también respondió con el mismo tono. Todas esas cosas en su época romántica habían tenido su lugar, pero que había que vivir, y eso no daba para eso. ¿Qué te parece, Cucuso? Primero me dio tristeza, pero ahora tengo una de esas rabietas que sabes le dan a tu Currita, que me hacen pensar que cuando me enfrente con él me voy a mostrar indiferente. Pero no hay que hacerse ilusiones, vence la tristeza porque Gastón todavía no me es indiferente. Después, por la noche, vino Feíto (le di tu carta) a invitar —prepárate para la noticia— a Fina, Cintio y a Octavio a comer con… Lezama. Imagínate el cuadro y dime si no es escalofriante, tu Kiko está que tiembla como una hoja. Tú y yo nos salvamos de esa acometida pero, cuando estés

[9] Gastón Baquero.

de vuelta, te aseguro, o ya será una oveja mansa que venga a casa a comer torrejas, o nos "endilgarán" otra comida. Menos mal que para entonces ya tus nervios serán de acero pero ¿y tu Currita? [...] ¿Y tú, novio? Tantos cuentos, tantos chismes y ningún "te quiero". Pues no ha de faltar te quiero, Cucuso mío, te quiero mucho. Te hago estos cuentos para que te sientas como si estuvieras aquí, además, los oigo sólo pensando que te los puedo contar. No dejes de escribirme, aunque tampoco dejes de pasear por hacerlo. Cuéntame de tu salud, supongo que en las cartas del miércoles o jueves me habrás contado de la Clínica, si no lo has hecho, hazlo, que me preocupa. Cuídate mucho y piensa y quiere a tu corazón chiquito. [...] Ahora me voy a dormir, que es tarde, no sin antes hacerle una listica de lo que quiero:

1. Que reciban un beso mío.
2. Que me extrañen bastante.
3. Un par de besitos de allá.
4. Un juego de abrazos.
5. Una cartera para mis suspiros.

Y 6. Que vuelvan pronto. [...] Ayer fuimos otra vez "a la Piquer", pasamos el rato de siempre aunque es éste su sexto programa, el peor de la temporada. [...] No podrás decir que tu novia no pasea, como ves, tengo los compromisos uno detrás del otro. [...] A pesar de haber tratado de reproducirte la noche lo más fielmente posible a los dos se les ha olvidado contarte algo que es muy bonito y que a mí me parece estar viéndolo. Dice Kikoleto que cuando llamaron a comer, el padre Gaztelu —que parece ser un niño grande, lleno de fe y salud— hizo la señal de la cruz antes de sentarse a la mesa, en medio de las bocas burlonas del resto de la comitiva. Inclusive creo que Feíto no quiso desperdiciar la ocasión para decir algo que recogiera el gesto de los demás. No sé por qué, Eliseo, oír este cuento, entre todos los demás, me produjo tanto bienestar. ¿Te contaron lo que dijo el Maestro de tu Yita, sí señor, "la divina Bella"? ¿Qué habremos hecho, Eli, por lo menos yo, para que seamos tan favorecidos en los comentarios del Lezamón? Yo sé, haberlo defendido a capa y espada, ¿verdad? O quizás, sea, sí eso es, ¡nuestra gracia y prosa exquisitas! Están los Kikos y los Cintios verdes de envidia, diciendo: "¡Esto sí que es célebre!". [...] Te quiero mucho y, claro que dormiré sabiendo que tú me quieres, ¿te crees que podría haberlo hecho antes sin saberlo? [...] Te besa, Yita

5.

En las oscuras manos... permaneció, como pronosticaba el verso de Francisco de Quevedo, en el fondo sin fondo del olvido. "Fuera de los cristales, el viento animaba los árboles y me parecía que grandes pájaros oscuros volaban sobre nosotros, enturbeciendo el aire con su plumón negro. Y los árboles agitaban sus brazos enemigos". Papá debió haber interrumpido la hechura de un proyecto tan personal por dos razones que vienen a ensamblarse como fragmentos terminales de un rompecabezas: por una parte, sabía que de lanzarse a fondo en un alegato en contra de sus inmerecidas penas se habría visto obligado a dar fe de una temporada que había jurado sepultar, como un náufrago que en la orilla, ahogado, bocabajo, se niega a recordar la tormenta de la noche anterior; y, por otra, porque una tarde de esas, habaneras, anaranjadas, perdidas en los laberintos salitrosos del Caribe, conoció a las "hermanitas" Bella y Fina García Marruz y Badía. Las vio en una sala de conferencias donde un sofocado Juan Ramón Jiménez embrujaba a la concurrencia con la desnudez de sus madrigales. Las dos llevaban boinas. A Eliseo le volvió el ánimo al cuerpo: Bella, la mayor de las muchachas, la bellísima Bella Esther, Yita, sería su dueña. Eso necesitaba: alguien que le arrasara el corazón. Durante el noviazgo, papá terminaría junto a mamá uno de sus libros más misteriosos, *Divertimentos*, conjunto de cuentos breves, sutiles, tan nocturnos que siempre he tenido la impresión de que, si se le suprimen los títulos de cabecera, puede leerse como una noveleta, así de recia es su estructura interna. Con los años, y los cuadernos sucesivos, la crítica entendería este segundo libro como un puente entre su narrativa pasada y la poesía por venir. Sus páginas guardan algunos de los textos más perfectos de nuestro idioma. En América Latina, nadie ha vuelto a intentar una hazaña semejante, salvo Augusto Monterroso, que almacenaba muchos encantos en su guatemalteco corazón, como mostraría en público algunos años después, o el mexicano Juan José Arreola, en su centrífuga (¿o centrípeta?) novela *La feria*, ejemplo de contención y vehemencia. Ni siquiera Eliseo Diego se lo propondría. *Divertimentos* es un Ave Rara. "¡Ayayayay! Hay que velar la velada. El Tío Pedro y la Tía Águeda, su mujer, están sentados en un rincón, mientras su hija Consuelo baila por alguna parte. Una cinta de colores vivos desciende hasta la ancha nariz del Tío Pedro y la incomoda. Al tío se le ha muerto, por la tarde, una muela". Convencido y orgulloso de su olfato precursor, José Lezama Lima publicó en la revista *Orígenes* una nota admirativa, sin escatimar adjetivos. Aquel elogio pudiera leerse hoy como las revelaciones de un arqueólogo que decide hacer pública la noticia de un hallazgo insólito.[10]

---

[10] "*Sobre Divertimentos* de Eliseo Diego", *Orígenes* 3 (10), verano de 1946.

En 1965 dedicaría a papá un ejemplar de la edición príncipe de *Paradiso* (Colección Contemporáneos, UNEAC, portada de Fayad Jamis, 727 erratas), y muy en su estilo irónico y grandilocuente confiesa (cito de memoria) que él había decidido publicar su novela cuando ya no le quedaron dudas de que mi padre nunca escribiría la suya. Hoy siguen estando cerca: la tumba de uno se ubica a escasos quince metros de la del otro, aceras contrarias, en una callecita arbolada del cementerio de Colón, la primera a la derecha, ya vencido el arco de la entrada.

Divertimentos fue, creo no equivocarme, la tabla de salvación que permitió a mi padre desentenderse sin rencores del infante solitario que había sido, al tiempo que le brindó la oportunidad de rendir tributo a sus lecturas y homenaje a sus maestros: por sus páginas se perciben ecos del anticuario Charles Dickens, la audaz Selma Lagerlöf, el eterno adolescente Alain Fournier, el tímido Aloysius Bertrand, el pirata Robert Louis Stevenson, el fantástico Hans Christian Andersen, el viejo lobo de mar de Joseph Conrad, el malencarado Charles Perrault, el imaginativo Marcel Schwob, el perverso Lewis Carroll, la inigualable Virginia Woolf, ídolos a los que sería fiel la vida entera. Siempre los llamo "sus amigos". Lo eran. Ellos lo acompañarían en el adiós definitivo: papá falleció en su dormitorio, mientras leía *Orlando* entre los ahogos de una deficiencia pulmonar. El libro quedó abierto sobre su pecho, en un capítulo cualquiera. Me ilusiona pensar que Virginia acudió a la cita y lo enganchó con el garfio de un dedo, cielo arriba. ¡Ah!, ligero humo.

19 de agosto de 1946

Querido novio enjabonado: Otra vez estamos deseando y pensando lo mismo: "desde Julio estoy pensando en este día mágico". ¿No es más mágico, Cucuso "limpio", que nos pasáramos esos días contando los que nos faltaban para hablar otra vez? Y eran sólo tres minutos los que podíamos tener y sin embargo nos pudieron tener esperanzados semanas enteras. Sé que es una tontería, Eli, pero pensar eso me llena de contento. Así tendrá que ser siempre, cada día será poco para disfrutar la alegría que se nos ha concedido de querernos y acompañarnos. ¿Y por qué estoy tan solemne? Debe ser que me he pasado estos días inquieta esperando la carta que me dijiste debía recibir el 15 y que no ha llegado aún. Cuando no recibo noticias tuyas me voy poniendo seria y geniosa por días. Hoy, como supondrás, había llegado a un punto verdaderamente insoportable. Peleé con mamá, con Kiko, con toda la familia y ante el asombro de todos, de las cinco de la tarde para acá que recibí tu carta, me he puesto dulce y dócil como un animalito. He pedido perdón a todos y ahora pasan por el pasillo y me miran con una sonrisa amable, como si supieran que era sólo que me faltabas tú. Ahora, Eli, no me da vergüenza decirlo, reinará la paz en mi casa por unos días. Estamos por aquí de lo más atareados, la boda de Fina "sigue su marcha", que es cada día más vertiginosa. Voy con ella a las tiendas a buscar encajes, cintas, mirar modelos. Es increíble lo que hay que caminar para todo y lo caras que están las cosas. Después que se hacen las compras hay que empezar a coser inmediatamente, así es que nos pasamos el día en un verdadero vértigo. Hoy cerraron el contrato con la mueblería, han comprado un juego de cuarto estilo inglés —¡quién lo diría!— que está muy bonito. Tengo ganas de que estés aquí para que disfrutes de esta fiesta, mucho que te hemos extrañado Kiko y yo mientras que escogemos las cosas. "Si el Farruco estuviera aquí nos ayudaría a decidir". Pero yo espero que como pronto te tendremos todos con nosotros, podrás salir de tiendas —si es que ya no te has aburrido de ese tipo de correrías— y podrás darnos los consejos que tanto necesitamos. Ya tengo pensado qué le vamos a regalar a Kiko: la escribanía de colores que vimos en El Encanto. ¿No te gustaría?

6.

La contagiosa felicidad de Bella, su juventud y habanería, hicieron poeta a Eliseo Diego. Poeta convencido, quiero decir, poeta de sangre. El doble descubrimiento del amor y la amistad lo salvó de la melancolía, ese enemigo contra el cual se vio obligado a batallar durante el resto de su tranquila existencia, a la sombra, sin quejarse ni pedir socorro, sólo que ahora podría defenderse tras el escudo de un hogar lo suficientemente armónico como para irle ganando la pelea al habilidoso contendiente, metro a metro. Su mejor amigo, Cintio Vitier, se casó con Fina, la hermanita de la boina, y entre los cuatro fundaron una familia divertida e indivisible que, hoy por hoy, solidifica una de las columnas principales de la cultura cubana, dentro y fuera de la isla. Papá debió comprender enseguida que los García Marruz y los Badía eran la antítesis de los reflexivos Fernández Cuervo y los puritanos Giberga: un ejército de seres milagrosos, comandado desde el trono de un piano vertical por la abuela Josefina Badía y Baeza, para sus nietos Chifón. Músicos, poetas, trapecistas, ginecólogos apasionados, barítonos, tenores, dibujantes, escultores, empresarios de circo, cinéfilos, buscavidas, artistas de vodevil y hasta un campeón nacional de charlestón en patines animaban un universo familiar donde no había cabida para el eclipse de la tristeza o la borrasca de una desilusión, a pesar de que no faltaron dolores insoportables, como el que desalmó a la tropa cuando desapareció del parque el niño Felipe Dulzaides y Badía, medio hermano mayor de mi madre, secuestrado a los dos años de edad y perdido por una década entera en los manglares de una aldea de pescadores.

Imagino al pensativo Eliseo Diego en aquel apartamento del ombligo de La Habana, Neptuno entre Águila y Galeano, viendo revolotear a semejantes gladiadores de la esperanza; lo imagino torpe, inepto, paticruzado, tratando de aprender a bailar danzones en cuatro mosaicos de la sala; lo imagino escuchando los poemas de Fina ("¿Qué quedará más lejos que la tarde / que acaba de pasar, parque encantado?), los versos de Cintio ("¡Oh deslumbrada luz de lo olvidado!"), aquellos sonetos infieles de Lezama ("La muerte dejará de ser sonido. / Tu sombra hará la eternidad más leve"); lo imagino recostado al butacón, cerca la lámpara, leyendo sus primeros versos y a mamá llorando de felicidad a sus pies, engatusada ("Tendrán que oírme decir no me conozco, / aquí en el patio, junto / a las columnas que toco provincianas, / no sé quién ríe por mí la noble broma"); lo imagino besando a Bellita en la escalera, tocándola, descubriéndola, deseándole sus dieciocho años, maravillándose; lo imagino a medianoche por el centro de la calle Neptuno junto al inseparable Cintio, frotándose las manos y respondiéndoles el adiós a las hermanitas que los despedían desde el balconcillo, clareadas ambas por los resplandores de la zarzuela que Chifón le arrancaba al sumiso piano; lo imagino en su cuarto, de madrugada, desnudo, palpitante, escribiendo y escribiendo en una libreta de rayas la historia de un hombre que muere dormido y sigue viviendo, en sueños de otros, sin poder regresar a cuerpo alguno. Imagino a papá "curándose de espanto" mientras se aprendía los coros de *Luisa Fernanda*. Lo imagino panderetear, lo imagino feliz, por fin desordenado. Y de tanto imaginar, y con tanto realismo revivir, en supremo disparate me recuerdo donde no estuve, junto a mi gemela cuatro años antes de nuestro nacimiento, en la parroquia de Bauta, y Fefé y yo nos recostamos en el barandal del órgano, y vemos a nuestros padres de espaldas, vestidos de novios, ¡y oímos al sacerdote Ángel Gaztelu que los casa en voz alta!

Papá pisaba tierra firme. La cicatriz de la niñez quedó definitivamente cerrada después del nacimiento de sus hijos Constante Alejandro (Rapi), María Josefina (Fefé) y quien esto escribe, Eliseo Alberto (Lichi). Al final de su vida, papá comenzó a hablar de su infancia con alegría. Arriesgo una opinión: creo que la estaba confundiendo con la nuestra. ¿O no, Rapi? Dime qué piensas, Fefé. A medida que nos acompañaba a crecer, papá pudo revivir las batallas indonesias que había fantaseado en las novelas de Emilio Salgari, imaginadas una y otra noche bajo el mosquitero de su cama, ahora que sus tres retoños aceptábamos jugar con él a los soldaditos en el patio de cemento rojo, a la sombra de unas arecas gigantes. Y pudimos comprobar lo que mamá y tía Fina nos juraban y perjuraban, que papá fue de joven un notable ciclista, ahora que había comprado en la juguetería Los Reyes Magos cuatro bicicletas de veintiocho pulgadas para irnos pedaleando hasta la casa de Octavio, en el Casino Deportivo. Y pudo leernos los cuentos de los hermanos Grimm que de adolescente había masticado en soledad, ahora que él mismo los acababa de traducir para nosotros. Y pudo ocultarse en los recovecos de Arroyo Naranjo, detrás del pozo, entre los cimientos del granero o las ruinas del establo, en el cuarto de los juguetes, sin temor a que se olvidaran de él, sin terror a sentirse abandonado, ahora que mamá lo había convencido que los seis (la abuela Berta nos acompañaba en la expedición) debíamos irnos a vivir a aquella misma casona, construida por su suegro, la queridísima Villa Berta, *El reino del abuelo,*[11] donde él tendría una nueva oportunidad para descabezar de una vez a sus demonios. En fin, papá pudo ser nuestro hermano mayor, el primogénito, el favorito, ahora que había descubierto que un niño risueño, en verdad malcriado, con vicios de "hijo único", seguía comiendo mangos en sus entrañas. Pero cuando hablaba de abuelo, le temblaba el mentón. Ningún hijo ha extrañado tanto a su padre como mi padre. Ni yo.

[11] *El reino del abuelo,* Josefina de Diego, Ediciones El Equilibrista, Ciudad de México, 1993.

19 de agosto de 1946

El Bofe Agustinus está de lo más preocupado, primero porque Cintio le ha pedido de regalo una pistola y segundo, porque como se está hablando constantemente de la boda de Fina, se habla también de la nuestra. Él también me ha hecho esa pregunta. Le he dicho que nosotros nos casaremos por poder y muy pronto, si es que tú consigues un trabajo en la "gran metrópoli". Ya eso sólo le pone los pelos de punta, pero es que le he advertido que él será el novio y que como tal tendrá que ocuparse de todo y regalarme flores y llevarme en máquina hasta el aeropuerto, etc. Hay que ver, Eli, la cara que pone, dice que a ti solamente se te ocurre una cosa así, que él no presta su cooperación para cometer semejante disparate. Se ha tomado la cosa muy en serio, como sabes hace muy a menudo, y creo que tiene hasta el traje preparado, como yo le he advertido que debe tener, por si acaso tú me pasas un cable mandándome a buscar. Cintio está que trina porque no has comprado los discos que mencionaste. Quiere que, si puedes, le averigües si esa señora los envía por correo y, en caso afirmativo, le mandes la dirección. De la reproducción no me ha dicho nada, parece que no está muy decidido. Pero de todas maneras también quisiera direcciones de Museos que se ocupen de mandarlas por correo. No hago más que pensar lo cómoda que estaré cuando me instale en mi hombro querido y escuche de mi "corazón chiquito" todos los cuentos de maravillas que me hará. Me dijiste que vendrías del 2 al 3 de septiembre, ¿es cierto? Ya sé que es muy difícil desde ahora precisar qué día vendrás pero, si es posible, quisiera saber el día que vienen porque estos días que me quedan son los más tremendos. He esperado tanto, que un día más del que me he hecho idea sería un derrumbe espantoso. No sé si me entiendes porque aunque sé que deseas verme, estás en lugares nuevos y la sensación tiene que ser completamente distinta. Ya tu Currita está al explotar y sabiendo la fecha de tu llegada puedo hacer fuerzas hasta ese día, pero si por casualidad piensas que es el 3 y vienes el 5, esos días de diferencia serán todo lo agotadores que no han sido los tres meses. Es inútil, Currito, no me explico bien, no te preocupes, que me haré idea de que vienes el 8 para así no sufrir ninguna desilusión. ¿Y qué hago yo escribiendo tantas páginas sin darle a mi novio un beso? Cuatro o cinco, todos los que quiera, con tal que perdones esa equivocación.

Árbol de familia

Retrato con la prodigiosa banda

La prodigiosa banda en la glorieta
levanta de pronto el aire del año veinte
y sopla entre las cintas blancas
de la esbelta muchacha por la que no pasa el tiempo.

Y taciturna, inmóvil, agradable, diferente,
con vagos y bellos ojos mira
la primavera de otro año
—lejano ya, lejano el año veinte.

No mires, no, mi cuarto, mira la glorieta,
no mires, no, la página vacía,
vuélvete al músico, a la brisa
moviendo el empolvado telón de los laureles.

Por ti no pasa nunca el tiempo.

Daguerrotipo de mi abuela

Mi abuela está sentada: es una joven
de esbelto rostro frágil
sobre el altivo cuello: miro inmóvil

la pupila en tinieblas que la mira
desde un abismo: si volviera
no más los ojos a la barba triste
del padre sonriente, se animara.
Pero mi abuela sigue inmóvil, joven.

Se ha de poner en pie muy pronto. El día
la arrastrará consigo hasta el zaguán
mientras la calle vibra al choque cósmico
de casco y casco. Se ha perdido.
Cuando la vuelva a ver, será una anciana.

Pero en tanto, serena, inconmovible,
sigue mirando hacia la sombra inmensa,
su esbelto rostro frágil
sobre el soberbio cuello.
Es una joven. Está, sencillamente, allí sentada.

Elegía para un partido de ajedrez

a José Lezama Lima

En el crepúsculo, si estás
de veras solo, mira,
lo que se dice solo, vienen,
poquito a poco en torno tuyo,
levísimos fantasmas, tus recuerdos.
José riéndose, su vaso
junto a la sapientísima nariz
capaz de discernir
el olor de lo eterno

en el breve grosor de la cerveza.
José —José riéndose.
Una partida de ajedrez,
jugada por nosotros dos,
ha de quedar, no piensa usted,
siempre honorablemente a tablas,
dice José, riéndose entre la espuma.
La brisa en las arecas, y el cristal
tan firme y frío de la mesa,
y en torno los demás, los entrañables
—refugio, abrigo nuestro.
Ni arecas ni cristal, José
se acabó la cerveza.
Solo su risa oculta permanece
como un farol iluminado
las piezas, el vitral
de blancura y negror. ¡Ah, tablas,
mi querido José! Pero su risa, sí,
me tumba el rey definitivamente.
Arrecia el viento en las arecas, mira,
y a solas yo —lo que se dice a solas.

Segundo sueño

Llegué a imaginar que de algún modo mágico la creación del mundo era repetida diariamente, que las casas de las calles eran, a cada mañana, otras, aunque sólo un observador heroico pudiese descubrir, según sucede con los gemelos, la menuda insignificancia que las (¿hacía?) diferentes. Es extraño pensar, de acuerdo con lo dicho, que yo moriré a la tarde, que mañana otra persona casi idéntica a mí morirá también a la tarde, y así hasta que se agote nuestra serie en uno a quien, aún hoy, no puedo sino imaginar con tristeza.

ELISEO DIEGO,
Narración de domingo (1944)

7.

¿Sabes por qué creo ciegamente en Dios?", me dijo papá en su estudio de El Vedado: "Porque no tengo duda de la existencia del Diablo". La sequedad de su voz no dejaba lugar a equívocos. Recuerdo una noche de los setenta. En mi cuarto, al fondo de la casa, cuatro amigos estrenábamos un deficiente alfabeto de Ouija, con letras y signos pintados a crayola en la contra cara de un tablero de Monopolio. Un hexágono de velas envolvía la ceremonia en una luz propicia. La primera alma en pena que acudió a nuestro imploro fue Isadora Duncan, ni más ni menos, y me dio gracia su súbita aparición porque sabía que el jugador de mi izquierda, admirador de la bailarina, estaba forzando el recorrido del "ojo" para pescar su nombre y escribir al vuelo sus estrangulados aullidos: la Duncan volvía a morir ante nosotros. Su chal se enredaba en las ruedas del carricoche. A medida que descifrábamos el jeroglífico, vocal tras vocal y consonante tras consonante, el juego ganaba en densidad, el aire se espesaba, y los cuatro tuvimos la huérfana impresión de que los difuntos aprovechaban nuestra travesura para salir a la intemperie, como si el tablero fuese uno de esos cuadrantes de madera, disimulados bajo un tapete, que tapan las entradas secretas de los sótanos. Hacía calor pero sentíamos frío. El viento arremolinaba la hojarasca de las bugambilias en embudos pequeñines. No podíamos despegar las falanges del triángulo móvil que, en ráfagas, aceleraba su recorrido sin dejarnos leer los mensajes. En eso entró papá. Le vi el horror en la cara. Antes de decirnos palabra alguna, sin tiempo que perder, tomó el tablero y lo reventó contra el suelo. Estaba transformado. A gritos nos rogó que no tentáramos a Satanás, que no atravesáramos nunca más "esa puerta", que él sabía lo que decía. "¡Por Dios, hijos!", exclamó y se fue rápido, espantando la mosconas hojas de la bugambilia. Los amigos nos miramos turulatos. Suspiramos profundo. El admirador de Isadora señaló hacia la esquina del cuarto: al pie del tocadiscos, el cartón del Monopolio se había astillado en pedazos como si fuera de cristal. Barrí los "vidrios" y los eché en el tanque de la calle. Bajo la ventana, desde el pasillo exterior, escuché a papá, que resoplaba Avemarías en la sala a oscuras.

"¿Tú has visto al Diablo? ¿Al Demonio? ¿A Satanás?", pregunta un personaje de *En las oscuras manos del olvido*: "Dos veces. [...] La primera vez fue una brujita. La encontré una noche y me vi en sus ojos miserables y asombrados. [...] La segunda vez fue la luna sobre un árbol, así, de este modo: lívida. Y la visión del Demonio mancha el alma como un borrón de tinta que no puede deshacerse, porque ha invadido ya las mismas células, y luego no hay más que la quietud de la penitencia para que no se extienda y ennegrezca toda el alma. [...] Desde entonces no veo la cara de Dios como antes".

Mamá cuenta que durante el noviazgo, de repente, sin dar explicaciones, papá se negó a hablar por ocho meses, entre 1942 y 1943. Nadie pudo sacarle una palabra de los labios. Ni Cintio. Ni Fina. Ni Agustín ni Octavio, expertos en consolar a amigos. Cada noche visitaba el apartamento de las hermanitas Marruz, pero se mantenía mudo, sin participar en los retozos de la velada. "Hundía los hombros", dice mamá y lo imita: "Cuando intentaba decir algo, se le trancaba la mandíbula. Le salían gotas de sudor en la barbilla". Apenado por la idea fija de que no merecía a Bellita, de que no tenía derecho a hacerla sufrir de esa forma, rompió la relación con una carta y se fue a vivir un tiempo a la finca de sus tíos y primos de la provincia de Oriente, miembros de la rama más frondosa y jaranera de los Fernández Cuervo. Esos parientes hoy residen en San Juan, Puerto Rico, atrincherados tras los recuerdos que se llevaron de "la otra isla" hace cuarenta años, y entre ellos aún resulta grato remembrar las anécdotas de la estancia de mi padre en la bulliciosa ciudad de Santiago de Cuba: la imagen que fijó es la de un poeta debilitado por sus penas, sí, pero que va recuperando las ganas de vivir a la vuelta de cada parranda nocturna. Se cuenta en la familia que donde más a gusto se sintió fue en Cayo Smith, un islote de cien habitantes al centro de la bahía de Santiago, en medio de la nada, batido por mareas mansas.

En abril de 1943, papá le escribe a Cintio: "Esta experiencia que he tenido, después de su culminación limpia, noble, en mi último viaje a La Habana, ha sido lo único serio, doloroso, verdadero, que me haya pasado nunca. Mi vida anterior —sin juzgarla ahora, sino presentándola como hecho— ha sido convencional, es decir construida un poco según mis deseos, o mi comodidad y siempre de espaldas a las verdades más dolorosas o vitales —gracias a la protección naturalmente exagerada y querida de mis padres y, de nuevo, a mi comodidad—. Después de esta experiencia —recuerdo lo que decías tú de la 'experiencia' y también lo de Rilke— no es posible que yo vuelva a mis mentiras cómodas, a imaginarme mi destino y a estar más o menos contento de mi invención. No quiere esto decir que vaya a construirme ahora otro, lo que sería quedarse en lo mismo, sino que quiero tener los ojos y oídos vigilantes, a ver si encuentro la señal que le toca a cada uno. Quiero hacerme Hombre, en fin, en todo el sentido profundo, sobrecogedor de la palabra. Quiero que me pasen cosas, no quiero inventarlas, ¿entiendes? ".[12]

Los preocupados tíos de Oriente lo visitaban en Cayo Smith. "Eliseíto nos recibía en el muelle, con cachucha y sin camisa, los pantalones doblados a media pierna, descalzo. Me fijé en sus uñas largas", cuenta uno de ellos, el simpático Augusto. Por su parte, el menor de los primos, Jorge Fernández Cuervo y Vinent, hoy capitán de barco de las marinas habaneras, nos hablaba con frecuencia del momento que conoció a papá en una hacienda de la Sierra Maestra, por los cafetales de Chivirico, y ha dicho que le causó una impresión imborrable:

---

[12] Carta guardada en la papelería personal de Cintio y Fina.

"Miraba diferente, reía diferente, era diferente: mi ídolo". Papá se iba recuperando, ola a ola. El 25 de enero de 1943 le escribe a Fina, también llamada Kikoleto, sin hacer referencias a mamá ("Dile a los tuyos que los quiero y no los olvido, de hora en hora"): "He visto, sí, Kikoleto, cosas grandes y buenas aquí en Santiago. Sobre todo los pescadores, de una islita que hay aquí en la Bahía y que se llama El Cayo. Se llaman Ramiro y Yayo y han aceptado mi amistad impura de ciudad con una sencillez y franqueza conmovedoras, generosamente. Todo lo que tienen me lo han ofrecido, y en una prueba de cariño sencilla y por eso llena de verdad, ellos, que ya olvidaron y desdeñan el mar a fuerza de tenerlo, me acompañaron con sus hijos en un baño magnífico, en la misma costa, en la manigua, después de ocho años de no hacerlo. Parece tontería, Kikoleto, pero estos actos así sencillos emocionan por su verdad. Quieren enseñarme a pescar, quieren llevarme mar adentro con ellos, y la vida que llevan, y que tan generosamente me enseñan, es la que yo escogería para mí".[13] Eliseo, sin embargo, eligió otra. Otra isla. Otra persona que lo llevara vida adentro. Un buen día regresó a La Habana, flaco, bigotudo. Fue por su novia. Bellita lo esperaba. Ella nunca le preguntó por qué había hecho lo que hizo, tampoco cuánto la había recordado en aquel cayo de pescadores, náufragos y bares de mala muerte. "Eliseo estará esperando con su gran paraguas para salir a buscarlos, en cualquier chaparrón, en cualquier

---

[13] Carta guardada en la papelería personal de mi padre.

parte, siempre, ¿verdad, Finita? Esto sabemos que será concedido, que es verdad, de algún modo seguro. Te quiere mucho, Eliseo". Tiempo después, muchísimo tiempo después, cuando mamá nos relató el rarísimo episodio, yo busqué a papá para que me dijera qué había pasado en esos meses. Lo encontré trabajando en su estudio. Mamá nos había enseñado que si lo veíamos concentrado en la escritura, mejor no lo molestáramos. Me quedé en el pasillo hasta que oí que me llamaba. "Pasa, hijo, pasa". Entré por las ramas. Alguna bobería debo haberle preguntado sobre su juventud (yo tenía entonces la misma edad que él cuando se fue a Santiago de Cuba), y seguramente alguna bobería debe haberme respondido, siempre evasivo en esos temas, hasta que salté a tierra y lo interrogué sobre su estancia en Cayo Smith. ¿Cómo era el islote? ¿Dónde quedaba con exactitud? Respondía con frases cortas, seguras, que evidenciaban cierto orgullo. ¿De qué vivía? ¿Con quién? ¿Cuánto tiempo pasó allí? ¿Por qué lo hizo? Entonces papá se quitó los espejuelos y encasquilló su pluma fuente. "Mira, Lichi, estuve en el centro de la Tierra", dijo mirando los poros de su piel: "Pero salí a flote". No volví a jugar a la Ouija. Odio al Diablo: ¡que se vaya al Diablo!

Escucho ladrar a Tobi, el perro de Villa Berta. Mi bicicleta era amarilla y traía guardafangos plateados, un sillín de cuero y un maletín con lo necesario para enfrentar una emergencia: destornilladores, pinzas, tubitos de pegamento, lija y tres parches de goma. El espejo del timón, perfectamente atornillado al manubrio, le daba un aire de motoneta que sin duda despertaría en muchos un agobiante sentimiento de envidia. Ese jueves, a mis doce años de edad, me consideraba la persona más afortunada del planeta, así que, como lo era, decidí pedalear por reparto Capri, un sitio magnífico, lleno de subidas y bajadas espectaculares, tan espectaculares que estaba seguro que allí alcanzaría velocidades temerarias. Me fui sin avisar. Papá trabajaba en su estudio. Lo vi concentrado en su maquinita de escribir. Mamá nos había pedido que no lo molestáramos. Además, los propietarios de una bicicleta amarilla y espejo retrovisor somos así, unos tipos muy duros. Los niños que fuimos andan, yo ando, tú andas, ella anda bajo tierra, como topos. Eso explica los temblores, los ríos ocultos, los tesoros nunca descubiertos, los fósiles tan completos de algunos pacíficos dinosaurios. Y los volcanes, dormidos o rabiosos: los volcanes. De pronto, los niños salen, nosotros salimos, ellos salen a la superficie. Veo (¿ves?) sus manitas. Se asoman: el cabello, la frente, los ojos y nariz. Miran. Buscan. No siempre nos encuentran. Cómo explicarle a ese niño-yo-tú-él-ella que ahora sobrevivo, sin él, en un país lejano. Pedaleo. Mi bicicleta está engrasada. Todo es rojo. Arde. Debe ser que atardece. O que anochece. El anochecer, me enseñó mi abuela, es ese breve tiempo que transcurre entre la puesta del sol y la plena noche. La hora de nadie. Hora de nada. Intermedio para cambiar la utilería de la vida, el escenario de un segundo acto. Una fecha, un año. Todo al borde del abismo, al borde de otro pozo. Cara y cruz: el equilibrio o el vacío, la balanza o la baraja, el orden o el caos, la caja fuerte o la piñata, el microscopio o el astrolabio, el bisturí o la espada, el número o la letra, la ciencia o la palabra. Cuando regresé del recorrido, papá no estaba. Mamá tampoco. No vi a mis hermanos. La casa estaba vacía. Almorcé de pie y me escondí en mi cuarto. Escribí un poema:

Una cosa me encontré, siete veces lo diré,
si su dueño no aparece con ella me quedaré.
Una cosa me encontré, seis veces lo diré,
si su dueño no aparece con ella me quedaré.
Una cosa me encontré, cinco veces lo diré,
si su dueño no aparece con ella me quedaré.
Una cosa me encontré, cuatro veces lo diré,
si su dueño no aparece con ella me quedaré.
Una cosa me encontré, tres veces lo diré,
si su dueño no aparece con ella me quedaré.
Una cosa me encontré, dos veces lo diré,
si su dueño no aparece con ella me quedaré.
Una cosa me encontré, por última vez lo diré,
si su dueño no aparece con ella me quedaré:
un gato moribundo.

(Ya comenzaba a inquietarme cuando oí los ladridos de Tobi. Bajé corriendo las escaleras y en la puerta del comedor di de pecho contra una guayabera sudada, de hilo. La tela apestaba a lentejas. Papá me abrazó. ¡Ay!, mi columna… No sabía que era tan fuerte. Las tenazas de sus brazos me machucaban los huesos de la espalda. Tosí. Yo le daba a la altura de su tetilla, así que pude escuchar cuánto bombeaba su corazón. La suma de tantas sensaciones nuevas me hizo comprender que papá estaba muerto de miedo. Había dolor en sus ojos, siempre chiquitos, y dolor en la comisura de los labios y dolor en las troneras de la nariz y dolor en las manos heladas y dolor en la barbilla y dolor en la voz cuando me dijo: "¡Hijo!". Caía el sol, y mi bicicleta proyectaba una sombra amarilla, larga, y los cuernos del manubrio se reflejan taurinos sobre el piso. Entonces me contó que, a los treinta minutos de haberme marchado, un anónimo bromista le había dicho por teléfono que yo acababa de ser atropellado a la entrada del reparto Capri. "Se oía nervioso al contar que te habían matado", me explicó. Por cinco horas, papá, mamá y mis hermanos me buscaron en policlínicos, casas de socorro, puestos de la Cruz Roja, cuarteles de policía y nubes del cielo, sin resultado. Ese día supe que el dolor es sordo, mudo, manco, ciego; que todo y todos en esta vida, incluso los enamorados de la propia vida, debemos pagar una cuota de dolor, y que ningún otro sentimiento se le parece como ninguna otra palabra le encaja por sinónimo, pues no es lo mismo dolor que calvario, molestia, daño, suplicio, tormento, desazón, tortura, martirio, pesar o congoja. No. Sería fácil. Demasiado simple. El dolor es ese punto amargo que condimenta las emociones, desde la felicidad que nos abriga hasta la desesperanza que nos desnuda: "¡Hijo!", dijo papá y me abrazó. Mis hermanos se acercaron. Fefé abrazó a papá. Rapi abrazó a Fefé. Y mamá cerró el nudo de cinco hebras humanas. He olvidado muchos días perfectos, armoniosos, apuesto que alborotados por el gozo de la inconciencia, pero cómo me duele y reconforta aquella sensación de amparo. Seguramente el papel de mi cigarro se retuerce de dolor cuando el fuego lo consume y a la candelilla le duele si después la apago; al árbol ¿le duele cuando lo dobla la ventolera y al viento le duelen las aspas del molino, y al molino, tal vez, la imperfección de una rueda dentada? Les duele. Al arrecife le duele que las olas lo golpeen y al mar le duelen cuando arrastran anclas por sus corales y al ancla también que la levanten y al relámpago le duele estallar, desbaratarse, y al rayo partir en dos la palma y a la palma el sablazo y a la noche le duele que amanezca y al rocío la trompa del grillo y al murciélago la luz del alba y a la hormiga los tacones de mis tenis. No recuerdo qué fue de mi bicicleta, ¿me la robaron? Nunca he vuelto a pasear por reparto Capri ni a dejarme caer por sus pendientes de asfalto. ¿Maúlla un gato? Cómo habrá cambiado todo que ya no vivo en Villa Berta, Calzada de Bejucal entre Mangos y Pinar, ni en la casa de la calle E #503 entre 21 y 23 sino en un departamento de Ciudad México, Tejocotes #56, colonia Del Valle, y pronto se cumplirán tres mil seiscientos cincuenta y seis días con sus noches de que papá no me habla por teléfono. Y a pesar de los pesares, de tarde en tarde siento que mi camisa huele a lentejas y creo oír ladrar a Tobi *bajo los astros.* Cierro paréntesis.)[14]

---

[14] Fragmento reescrito del libro inédito *La quinta de los comienzos,* Eliseo Alberto, 1969.

La Habana,
Julio de 1946

Mi querido Eliseo: ¿Eres adivino? Recibí mis pañuelitos preciosos el sábado, a la vez que pescaba un catarro que me tiene medio adormecida. Sí, Cucuso, tu Yitina tiene un catarro de esos que hacen historia, claro que no uso mis pañuelitos como piensas, sólo los llevo o lo llevo en la cartera para retoques imprescindibles y en momentos en que me rodea un gran público. El rojito, que es el que estoy usando, ha causado sensación entre mis amiguitos, el floreadito te espera, Cucuso, en el aeropuerto. ¿Te sorprendiste con lo de mis "miguitos"? He prosperado mucho. Marujita del Haro está montando las bulerías famosas de la plaza de la Catedral, aquí en casa. Con ese motivo, por las tardes, está esto muy animado entre las "chaticas", como dice Maruja, hay dos que son muy buenas y muy agradables. Todos los días nos quedamos después del ensayo cantando y aprendiendo para el Cachorrismo, canciones españolas. ¡Qué repertorio te espera! Claro que son miguitas pasajeras pero, para qué las quiero permanentes si luego viene mi novio y todo el tiempo será de él. [...] Me alegra mucho que hayas comido en casa de los amigos de la Sra. Nieborg. Son muy buenos contigo, Cucuso, me caen muy bien. La Sra. Nieborg tiene una cara muy dulce, salúdala de mi parte y diles que los felicito por tener la fortuna de estar contigo a todas horas. Sí, novio mío, tienen que ser buenos porque con ustedes no se puede ser de otra manera y, además, es un alto honor llevar a todos lados a "La Prosa". ¿Qué ellos no han leído nada tuyo? Pero novio, ¿estás creyendo que no se te ve en la cara? Hay que ver esos retratos que yo he visto del joven poeta con gabán y sombrero y bigote paseando por esas calles de Rochester, que han de pasar a la historia por haber acogido a Eliseín Diego, novio de la Yitina y señor de las letras americanas. ¡Huipi!, ¡cómo lo quiero! ¿Ya te pusiste el traje gris? Procura retratarte con él, no quiero perder ese acontecimiento. Te suplico que me retrates los dos pares de zapatos de Bertica. Es tan grande lo que me cuentas que únicamente viendo esas cosas se puede creerlo. Nada menos que dos pares. ¿No serán iguales, verdad? Porque Eli, nuestra Bertica tiene la maña de comprarse cosas iguales. Así me hace con los vestidos, me dice, "Bellita, me he estrenado un vestido", cuando llego a la casa me la encuentro con un vestido que estoy cansada de verle y ella de usarlo. "Es igual que el otro" —me dice—, "siempre voy a tener uno así, cuando se me estropee, llamo a Antonina y le digo: hágame otro igual". ¿No crees, Eli, que pudiéramos quitarle esa extraña manía? Por lo menos, en los vestidos, ya me había acostumbrado, pero no podría soportar que me sucediera con los zapatos. [...] El viernes fuimos al cine a ver otra vez "El Séptimo Velo". Me gustó mucho, volverle a ver, me acordé un poco más que de costumbre de mi novio y le mandé dos sucos como dos casas. [...] ¡Viva el progreso! ¡Viva Bell! ¡Viva mi Cucuso! ¡Viva yo! ¡Qué delicia, novio, volver a oírte, el hombre de la voz gruesa hablando con la Yitina desde tan lejos el día que ella más deseaba hablar con él! Hay días, Cucuso, que uno no puede ya más con la separación, que daría cualquier cosa por ver a la persona que uno quiere, por oírla decir que lo quieren a uno, por poderle decir todo lo que uno quiere y enseguida saber que es oído. Ese día era ayer, Eliseo, desde que me levanté pensando en ti, en tu voz, en tus maneras. ¿Qué teléfono tendrá the Maples? Ya no hay tiempo de averiguarlo, a esperar pues, aunque sea una cartica —medio insuficiente pero querido— y suplicarle que me diga cómo se puede hablar con él. Al menos con esa posibilidad se siente uno mucho más tranquilo. Llevar un número de teléfono en el bolsillo es la llave que puede romper con esa distancia a veces insoportable. No hay que usarlo siempre, basta tenerlo a mano para tener el sueño más tranquilo. Pero todas esas delicias no estaban a mi mano, Cucuso mío, lo único que podría hacer era esperar. Dios me premió y el día que más necesitaba de ti, me dio un ratico, tres minutos, lo suficiente, de Eliseo. Te oía distinto, tu voz era excesivamente gruesa, y te imaginaba grueso, con sobretodo de pieles, en un lugar de maravilla, grande, muy grande, como siempre que te veo, con la frescura de nuestros días de Universidad. Tantos días sin verte, sin oírte, me situaban en aquellos días, y no podía verte sino con la sorpresa que uno mira a quien uno sabe ya desde el primer día que va a ser todo en la vida de uno. Así te oía, Currito, con la sorpresa que se tiene cuando la persona tan soñada, tan mirada por uno en silencio, le habla a uno por primera vez. Te quiero, novio mío, te quiero mucho. Ya puedo esperar todo el tiempo que sea necesario, siempre he podido, porque creo en ti, en nosotros. Ayer no pude escribirte como te dije, si hoy, con una noche por el medio de sueño tranquilo, apenas puedo, sin ponerme un poco bobita, ¿qué sería ayer? Ayer sólo podía caminar, sentarme, tomar *Orígenes* en mis manos para leer otra cosa y volver a leer tu crítica, o su crítica, volver al teléfono, mirarlo un rato agradecida y, no sé, Cucuso, volver a hacer lo mismo. Tenía toda la intranquilidad de mis días anteriores, serenos todos, a flor de piel. Hoy me toca disfrutar de todo lo que pasó ayer, sé que voy a andar por la casa y por las calles como una sonámbula, pero no me importa, estoy encantada y no me voy a esconder para negarlo. ¿Que estoy delirante? Pero si es así, Cucuso mío, como te quiero. El delirio existe, sí señor que existe, ¡y cómo! Te iba a mandar *Orígenes,* pero no sé si podrá llegar con la rapidez que deseo, por eso he decidido mandarte tu hojita sola (no sé si hubieras querido leerla sin la revista, pero en fin) para que veas, joven privilegiado, todo lo que le has hecho decir al Maestro. Cucuso, es Lezama la mirada más penetrante que he visto en 24 años. Habla de tu obra y de tu persona con una claridad impresionante. No dejes de leer a Zabaleta, eso es importantísimo. Bueno, novio querido, [...], no puedo escribirte más. Te amo, como sabrás. Bella

8.

Los que tuvimos la dicha de conocer y querer a José Lezama Lima, nos fuimos robado una a una sus imágenes posibles. Las secuestramos. En este caso, quiero pensar por consuelo, el saqueo vale por homenaje. Esa dispersión de sus reflejos debe ser una broma que Lezama ideó risa a risa desde su diminuto claustro habanero, como un duende travieso que decide dejarnos en herencia una enorme confusión. El enredo y la duda pueden ser caminos hacia la claridad o la transparencia. Yo malcrío tres recuerdos, entre muchos que presumo de nuestra casi familiar relación: uno (suma de varios domingos) en Villa Berta; el segundo, en la terraza de la Revista *Cuba Internacional* (Reina y Lealtad, en La Habana rococó) y el tercero en la salita de su casa, allá en la calle Trocadero, en la acera de enfrente de las rameras prodigiosas. Lezama vivía en el ombligo del pecado.

Mi padre había comprado un aristocrático juego de croquet en la tienda *El Encanto*. Cortó el césped del jardín hasta dejarlo pelón, sembró los aros de alambre e invitó a los amigos a un primer torneo. Los contendientes pueden haber sido Lezama, Cintio Vitier, Roberto Fernández Retamar, Octavio Smith, Julián Orbón, Annabelle Rodríguez, Mario

Parajón, Agustín Pi y tal vez el argentino Francisco Petrone —existe una foto donde el actor de *Guerra gaucha* posa en el campito, junto a una pirámide de bastones—. Papá explicó los principios del pasatiempo. Era tramposo. Exquisitamente tramposo. Bien lo sabemos sus hijos. Nada le mortificaba más que la derrota, por eso dejó de interesarle el ajedrez y nunca se sentó ante una mesa de dominó o de barajas; se sentía en terreno seguro cuando descubría algún juego menos popular, como el croquet, por ejemplo, pues lo "novedoso" le daba cierta supremacía sobre inexperto contrario; ante la posibilidad de una derrota, mi padre perdía la compostura y llegaba al extremo de trocar las reglas con tal de imponer su liderazgo. Jugar al cubilete de pareja con papá podía resultar una tortura, pues los aliados cargábamos siempre con la mala suerte de los dados y teníamos que pagar las apuestas con los reales de nuestros monederos. Pero más mañoso era Lezama, notable ejercitador del disimulo y el arte del eufemismo. Al menor descuido de los contendientes, acomodaba la pelota con una patadita discreta para recolocarla en un ángulo propicio y asegurar el toque maestro, elegante, y la consecuente conquista del cetro —breve levitación de aplausos en la banca de las porristas, presidida por las hermanas Bella y Fina García Marruz, delgadas y juguetonas.

Lezama no paró de hablar durante la ronda inicial, con lo cual aseguraba que sus adversarios perdieran la necesaria concentración. Así establecía complicadísimos vasos comunicantes entre los versos del Conde Lautréamont y "el alma llena de lágrimas no lloradas de Dostoievsky" o entre parlamentos de Shakespeare ("los hombres no son dioses y por eso no tenemos derecho a pedirles siempre ternura") y alguna barrabasada de su propia cosecha ("¿alguna vez se ha preguntado, estimado Eliseo, por qué no ha variado la forma del barril de vino?"), al tiempo que los abrumaba con datos tan sutiles como aquel de que el corazón de un canario da sesenta mil latidos por minuto y el del elefante apenas veinticinco, uno de sus disparates preferidos.[15]

—Mi espíritu, como el de Montaigne, no se mueve si no lo agitan las piernas —proclamaba Lezama al acercarse a un nuevo aro.

Papá se defendía:

—Lezama, Lezama... Nunca está de más un poco de humildad.

Octavio limpiaba con un pañuelo los cristales de sus espejuelos.

Roberto hacía equilibrios en la punta del pie, pendiente de la silueta que el sol sombreaba en el césped.

—¡Persigo la imagen en su devenir! —exclamaba el autor de *La expresión americana.*

El autor de *Por los extraños pueblos* se sacudía de hombros:

—No olvide, señor Lezama Lima, que los romanos desconocían el jabón de afeitar y siempre estaban encomiablemente rasurados.

---

[15] A manera de homenaje, armo los diálogos reales, hoy imaginados, con fragmentos de sus textos. Para ellos, la palabra era una, hablada o escrita.

Cintio buscaba la armonía, la paz, y cedía razón a uno u otro orador, repartiendo elogios a partes iguales.

—Atiendan, caramba: el partido reserva los mejores momentos para el postre —decía a la concurrencia—. Tomadas de las manos, las hermanitas García Marruz bailaban tap en el borde de la fuente. Creo que ganó Julián Orbón, a pesar de su miopía. Fue un lindo domingo. Nunca los había visto tan niños.

Más niños que yo.

El poeta José Lezama Lima, gran "peregrino inmóvil" de la cultura cubana, apenas habitó dos casas en 66 años y sólo viajó tres veces al extranjero (de niño a Estados Unidos y de adulto a México y Jamaica): su verdadera residencia fue ese castillo en el aire llamado la literatura y su audaz travesía, sin duda, la imaginación. Al recordarlo desde el cariño de un sobrino postizo, no puedo dejar de preguntarme si será cierto que a la hora de sentarnos a relatar la historia de nuestros pueblos huérfanos, al menos las versiones emocionales de lo sucedido, la contundencia de la "verdad" resulta más importante que la vibración del "mito". La vida y la obra de Lezama logran un equilibrio en apariencia imposible: desde el descubrimiento mismo de su vocación literaria, hechizo que habría de convertirlo en su propio ídolo, el escritor Lezama Lima enclaustró al hombre José entre cuatro paredes de verbos y sonoridades; esa sumisión, sin embargo, fue estímulo suficiente para realizar la hazaña de proponernos un mundo tan deslumbrante como real, una Cuba, una Habana, un espacio donde la imagen debía adelantarse a los hechos, en la convicción de que la poesía también era carne en el banquete sensorial de lo que ellos aún llamaban patria, sin sobredosis política. "Yo que no sé decirlo: la República", dijo papá —y lo repito yo, que tampoco puedo.

La primera vez que Lezama cruzó el horizonte (esa cruel frontera de las ínsulas por donde llegan o salen nuestras desgracias) fue en 1918 y por una corta temporada, porque la desventura les cortaría el paso en una bahía de aguas profundas. Su padre, el coronel José Lezama Rodda, oficial de academia, moriría en Pensacola, Florida, a la altanera edad de 33 años. Desde esa temprana fecha, Lezama tendría pánico a salir de la isla; en heroica consecuencia, decidió entonces cargarse el mundo en los bolsillos. Lejanía y tragedia serían las dos cartas más temidas de su Tarot personal. "El único viaje que me tienta, sobrino", me dijo una noche de revelaciones y profecías, "será el que emprenda saltando como un conejo de constelación en constelación". Acorralado en la sala de su casa, hice de tripas corazón para contener la risa al visualizar la sombra chinesca del poeta recortada, a contraluz, contra la pantalla de la luna.

El segundo recuerdo me lleva a la casona con aires de palacio francés donde radicaba de la revista *Cuba Internacional.* El fraterno Manuel Pereira nos dijo, rebozando orgullo: "El Peregrino Inmóvil aceptó la invitación". Había convencido al Maestro para que diera una conferencia a los trabajadores de la publicación, una pequeña tropa de locos periodistas y fotógrafos que lo admirábamos sin reserva. Por aquellos días, y aun por éstos, nada nos enamoraba más que la belleza y la inteligencia. Veo en la sala a Antonio Conte, Iván Cañas, Reinaldo Escobar, Agenor Martí, Olga Fernández, Pirole, Ciro Bianchi Ross, Minerva Salado, Ernesto Fernández, José Antonio Figueroa, ¿Norberto Fuentes?, nuestro querido Baltasar Enero, también llamado El Conde de Eros, Rosario Suárez, mi esposa de entonces, y el negro Cuní, conserje silencioso. Los nombro para sacarlos de mi corazón y me vuelvan a arrullar un rato, como en los viejos tiempos de la inocencia.

—Hola, Lezama.

—Hola, sobrino.

—Bienvenido.

Lezama ocupó su trono (una silla sólida), ordenó una montaña de papeles manuscritos y consumió unos segundos fatigosos antes de anunciar el tema de la charla. Creo que presentía un ataque de asma.

—Esta tarde vamos a hablar de José Martí —dijo arrastrando las sílabas.

Desde el fondo del salón, yo calculé el grosor de aquella loma de hojas y asumí que, dado el retranque del asma, la lectura demoraría unas dos horas y media, así que acomodé el esqueleto sobre la loma de revistas que me servía de banqueta. Crucé las piernas. Rosario puso su mano en mi rodilla izquierda; en una particular clave Morse me telegrafiaba paciencia. Luego de otra pausa perezosa, bien calculada, Lezama cargó los pulmones y dijo en suave desinfle:

—Amigos, amigas... Martí es un misterio que nos acompaña. Muchas gracias. ¿Alguna pregunta?

¡Un misterio que nos acompaña! Eso era *todo*. *Todo* con mayúscula. Carajo: yo aún no había terminado de estirar los huesos. Al ver que el encuentro podía terminar en un abrir y cerrar de ojos, Manuel Pereira aceptó la invitación al diálogo, alzó la mano y lanzó el anzuelo de una duda. Acababa de leer un ensayo de Lezama, *El azar concurrente,* y aunque le había impresionado mucho, necesitaba confesarnos que no había entendido demasiado. El poeta sonrió de oreja a oreja. Sobre el andamio argumental de las coincidencias (el azar y el desazar, los encuentros y los desencuentros, la casualidad y la fatalidad) descansaba en buena medida su particularísima concepción del mundo. Lezama, casi siempre profundo, podía actuar de modo muy simple cuando quería, así que se propuso explicar sus razones con un ejemplo fácil de entender. Alguien, dijo, espera un transporte público en la parada de la esquina. Por fin llega "la guagua" (el camión, la combi, el ómnibus) pero, como reboza de pasajeros, decide dejarla pasar de largo. No tiene apuro. Nadie lo espera en su casa. En efecto, diez minutos después sube a la segunda guagua, milagrosamente vacía, y allí conoce a la mujer de su vida. Es la muchacha que va sentadita en el asiento del fondo. Es el amor.

—El azar concurrió a la cita —sentenció Lezama. Convencido a medias, mi amigo quiso saber entonces la contraparte de la tesis:

—¿Y qué sería entonces el des-azar, maestro? —preguntó Pereira. Todos los presentes clavamos la vista en los labios del conferencista, seguros que esta vez la aclaración del enigma iba a alcanzar alturas de fina sapiencia. Lezama sopló la llama de su tabaco como quien refresca con el aliento el cañón de una pistola, y dijo con aires de duelista:

—La mujer que se le fue en la primera guagua y a la que nunca conocerá: esa criatura que pudo haberlo hecho más feliz que ninguna.

Lezama bufó profundo. La tenaza del asma le atrabancaba el pecho. El silencioso Cuní pasó con la merienda: refrescos y panetelitas borrachas. Ovación.

"Es que hay viajes más espléndidos: los que un hombre puede intentar por los corredores de su casa, yéndose del dormitorio al baño, desfilando entre parques y librerías", diría Lezama al novelista argentino Tomás Eloy Martínez: "Casi nunca he salido de La Habana. Admito dos razones: a cada salida empeoraban mis bronquios; y además, en el centro de todo viaje ha flotado siempre el recuerdo de la muerte de mi padre. Gide ha dicho que toda travesía es un pregusto de la muerte, una anticipación del fin. Yo no viajo: por eso resucito". De regreso a la isla, el niño Joseíto (así le llamarían siempre las muchas mujeres que pastorearon su vida) fue a vivir al mejor de los sitios posibles: en la mansión marcada con el número 9 del Paseo del Prado. Allí (el *Paradiso*) leería a Cervantes, a Platón y a Goethe, tres de los dioses que habrían de acompañarlo siempre. Por entonces, Cuba se estaba inventando a sí misma. La Habana se meneaba. Nuestra corta experiencia republicana se estremecía de sorpresa en sorpresa. Un habanero sonriente arrebató el trono del ajedrez a un filósofo alemán, tres santiagueros pusieron a medio mundo a cantar sones, los estudiantes aprendieron a protestar en las plazas públicas, un camagüeyano editó *Sóngoro cosongo*, las prostitutas francesas pretendían reinar entre mulatas y, en prueba de amor, los chulos se mataban a balazo limpio a la salida de los bares. Un refrán amargo atestigua que la alegría dura poco en casa del pobre. En 1929, todo espejismo de prosperidad se vino abajo por crisis mundial del capitalismo y Rosa Lima Mercado, la madre de Lezama, tuvo que mudarse con sus hijos al hombro a una vivienda más humilde, a dos cuadras del Prado: Trocadero número 162.

Trocadero número 162 era una casa a pie de acera con un pequeño patio interior, dos cuartos enanos, una cocina manchada por los humos del kerosén, un oscuro comedor y una sala luminosa que se abría a los pregones de la calle por dos ventanas de hojas anchas. Lezama instauró allí su reino personal, la fortaleza que habría de abrigarlo ante el desencanto y las ráfagas de la soledad. Un ejército de mujeres cuidaría de él, día tras día y noche tras noche: la madre, la nodriza Baldomera, sus hermanas Rosa y Eloisa, su esposa María Luisa Bautista. Ellas eran sus guardianes. Sus amazonas. A manera de escudos de armas, los cuadros comenzaron a dignificar las paredes. Los libros invadían la estancia. Rodeado de Habanas y habanos, envuelto en el humo de su leyenda, el poeta pisaba sobre la alfombra de las carátulas e iba apisonando los libros en el suelo, como patea un balón el elefante del circo. Escribía a mano sobre una tabla que colocaba entre los brazos de un butacón señorial. Una tabla de maderas crudas donde se leía el logotipo de una marca de cerveza. Las cuartillas garabateadas caían al piso, otoñales. El fuego consumía el tabaco en el cenicero y a medida que la ceniza ganaba en longitud el puro perdía equilibrio e inclinaba la balanza hacia la punta de la embocadura ensalivada. Así lo recuerdo, descifrando los complicados jeroglíficos de su poética sin pedirle nada a nadie, salvo a Dios (¿será?), para que el asma no viniera a romper el mágico momento en que sus delirios encontraban las palabras justas con las cuales debía elaborar una particularísima y de nuevo indescifrable revelación. Presumía tres tesoros en la sala: un busto de José Martí, un búfalo de jade y una limosnera argelina. Debe ser un disloque de mi memoria, lo reconozco, pero aquella casa siempre me olió a agua de colonia. A fragancia de barbería.

Trocadero 162. Diciembre y 1969. En el tercer recuerdo que a solas mimo, Lezama y yo conversamos en presente histórico sobre las dimensiones del mundo y las travesías de la imaginación (pregunto por su visita a México y dice que eso puede considerarse "una escaramuza"); al final de la velada, como acordamos de antemano, le leo mis poemas de juventud. Horribles. "Recostado está el taburete en el rincón amarillo". Leo. Leo. Lezama mordisquea el habano. Me inquieta. La ceniza nieva en el bolsillo de la guayabera. Leo: "Poesía es el silencioso crecer del árbol hacia los sputnik". Por el filo de la ventana, entre metáfora y metáfora, veo pasar chancleteras con pañuelos. En algún momento de la tertulia, dejo trunca la lectura, abrumado por la sospecha de que el poeta se duerme en el sillón. Los párpados le pesan, los deditos de la mano tamborilean en el aire como si solfearan una de esas tonadas venezolanas que Julián Orbón les ha enseñado a querer en su piano caballeroso. Lezama dice por cumplido de perdonavidas: "Joven, hay una novela en sus versos", y con una sentencia mata dos pájaros de un tiro: "De usted y el azafrán de sus lecturas depende que sea buena la paella. México pasó. El único viaje que me tienta será el que emprenda saltando como un conejo…". Fin del espejismo. Esa tarde me dedicó un ejemplar de *Enemigo rumor*, edición príncipe: "Para Eliseo Diego (hijo), que a su vez será padre de poetas, pues su poesía nace en el reflejo lunar de la osteína, que se hereda [ilegible] y siempre fructifica". Nunca he querido averiguar qué significa la palabra osteína.

Lezama sólo trasciende en Lezama: esa es su grandeza. Su irrepetible, irradiante presencia. No dejó herederos. Fue la excepción que confirmó las reglas de un certamen de representaciones en el que él nunca participó, aunque le gustara comentar los arañazos y traspiés insensatos de los buscadores de fama. Un día le preguntaron qué era lo que más admiraba en un escritor: "Que maneje fuerzas que lo arrebaten, que parezcan que van a destruirlo. Que se apodere de ese reto y disuelva la resistencia", dijo y encendió la mecha de una bomba con la candelilla del tabaco: "Que destruya el lenguaje y que cree el lenguaje. Que durante el día no tenga pasado y por la noche sea milenario. Que le guste la granada que nunca ha probado, y que le guste la guayaba que prueba todos los días. Que se acerque a las cosas por apetito y que se aleje por repugnancia". ¡Vaya enseñanza! Lezama es otro misterio que nos acompaña. Hoy no dejaré pasar de largo la primera guagua: subiré aunque venga repleta y sea yo ese pasajero suicida que se aferra al canto de la puerta. Una pelota invisible se desliza de aro en aro y surca las espigas del césped crecido, allá en aquel campito de croquet desde hace años abandonado. Escucho voces:

—Los hombres no son dioses y por eso no tenemos derecho a pedirles siempre ternura...

—Hola, Lezama...

—Atiendan, caramba...

—El corazón de un canario da sesenta mil latidos por segundos.

—Nunca está de más un poco de humildad...

—Hola, sobrino...

Viernes

Mi querido Li.

Ayer no pude seguir tu carta como te había dicho porque el Raposo se encargó de impedirlo con sus juegos y sus brincos, pero estar con él es estar también contigo. Está, Eli, gordísimo y hecho un sinvergüenza desorejado. Figúrate que le encanta el queso y la guayaba, y la v. Berta no se dio cuenta y cuando estaba comiendo le celebró el postre que yo le estaba preparando. Le entraron, en el acto, unos dolores de barriga espantosos. La pobre Bertica, sabes cómo es, enseguida se alarmó, "Bella, ¿qué tendrá?, fíjate cómo llora", etc. Entonces le dije que me apenaba mucho porque no podría comer guayaba y quesito. Inmediatamente, Li, antes de que yo terminara de decirlo, se empieza a reír y a decir "¡mamita, ya se me quitó, ya se me quitó!". Y cuando le hice señalar dónde le había dolido, dónde tenía su barriguita, me señaló a la espalda. Está hecho un bandido. La otra mañana tuve que cerrarle el cuarto pues llovía mucho y cuando se despertó me llama y, medio dormido, me dice "abre mamaíta, que no veo los aviones". Los oye a gran distancia y enseguida me llama para que lo cargue y verlo juntos. No hace más comentarios, pero no son necesarios tampoco. La otra noche, cuando te daba esas ricas palmaditas que le da a tu retrato, te dijo, "ya no más avión, papaíto". Claro, cuando le dije que todavía no le habías comprado todos los regalitos dejó de pensar en eso. Adora a sus hermanitos, todas las mañanas tengo que ponérselos en la cama y los cubre de besos, dice que les va a enseñar a hablar y a caminar. Mi amor, te hago todos estos cuentos porque aunque te den un poco de tristeza, te tienen que dar alegría también pues sabes de cómo te quiere. Los que no vas a conocer son a los "twins". Currito, están más que gordos. El varón ha engordado muchísimo en un mes!!! Está precioso, dicen todos que se parece mucho a Sandy.[16] Precisamente ayer Otto[17] decía que le parecía verlo, que era increíble el parecido. A mí eso me ha dado mucho gusto porque sé cómo ustedes lo querían y tú sabes con el cariño que yo veo todo lo que sea de él. Fefé está gordísima también aunque, mujer al fin, mantiene más la línea. Sigue con tendencia a la bizquera aunque no lo es, y cada día más parecida a tu suegra y a tu mujer. Verás cómo la vas a querer. ¡Currito! ¡Viva Prío! ¡Vivan los auténticos! ¡Ya el día 12 no es fiesta nacional! ¡Hay carteros! ¡Qué bueno, amor! No esperaba hasta mañana, y que cartica más tierna y más tuya. ¡Cómo te quiero! Siempre llegas a la hora del baño de los niños, del pecho, etc. Entonces la llevo conmigo y la leo cuando termino, fumando un cigarrito, acurrucada en tu sillón. Ese rato delicioso que paso aquí —porque también aquí te

[16] Sandalio Fernández Cuervo, hermano de mi abuela Berta.
[17] Otto Fernández Cuervo, primo hermano de mi padre.

escribo— me da una alegría increíble. [...] Acabo de llegar de darles el primer paseo a tus hijos, fueron al Hospital de Maternidad a ver a Sergio, que hoy cumple 32 años. Los pesamos: Eliseíto pesa 8 libras y 9 onzas y la pobre Fefa 7 y tres cuartos. Él le lleva gran ventaja como ya antes te había dicho, pero no me preocupa porque los dos están bien.

9.

A finales de los cuarenta, Eliseo había publicado un libro de tapas color vino y sobrio diseño que habría de cambiar el perfil de nuestra literatura: *En la Calzada de Jesús del Monte*. En aquellas páginas maestras, poesía y prosa se funden en un discurso de novedoso aliento. La mirada del poeta define aquí su interés en "atender" los actos o sucesos de la vida cotidiana, esa realidad suspendida que nos rodea y que a veces, muchas veces, demasiadas quizás, pasa inadvertida. Una pelota, un lienzo, un caracol, unas hebillas, un baúl, una espada, un abrigo, un ánfora, unas monedas, un bastón, un laúd: tesoros de arriba a abajo, de abajo a arriba. "Entre nosotros y un objeto dado", dice Eliseo en su conferencia *A través de mi espejo*, "se interpone una proliferante zarabanda de asociaciones, de tal forma que al ver un jarro, y no un utensilio, una invención, un recuerdo, es casi una imposibilidad y una dicha. Pero quien sea capaz de ver un jarro en toda su virginal realidad, no es un hombre de excepción: es simplemente un hombre como debieran ser los otros". *En la Calzada...* se hace evidente una obsesión que luego sería regla de oro en el quehacer literario de papá: conseguir una entereza final más propia de un libro de narrativa que de uno de poesía. Celoso de la forma, amante de la perfección, armaba varios cuadernos a la vez, con meticulosidad de relojero que guarda en cajas de fósforo las rueditas dentadas del tiempo, los diamantes específicos que hacen andar los cronómetros. Los poemas debían leerse en orden consecutivo, como si cada uno fuese antecedente del otro y consecuencia del anterior, y por suma acumulativa aportaran misterios al horno de la creación, hasta alcanzar la totalidad del prodigio imaginario, la unidad que anuncia el título: un viaje por la Calzada de Jesús del Monte, el muestrario de las maravillas inventadas por ese hombre que en vida fue José Severino Boloña, un recorrido por "los extraños pueblos" (Arroyo Naranjo, Calabazar) donde a papá le gustaba vivir, lejos de las calderas de la modernidad, entre *oscuros esplendores*.

"Por la Calzada de Jesús del Monte transcurrió mi niñez, de la tiniebla húmeda que era el vientre de mi campo al gran cráneo ahumado de alucinaciones que es la ciudad. Por la Calzada de Jesús del Monte, por esta vena de piedras he ascendido...". Desde el hallazgo de esa convivencia de prosa y verso, mérito de *En la Calzada...*, sus pulcros poemas tendrán un tono confesional, testimonial, y sus relatos, ensayos o conferencias darán espacio a los fulgores de la poesía, todo dicho por una misma e inconfundible voz —expresada, modulada, acorde a los requerimientos de los géneros, sin traicionarlos. En las buenas y en las malas, papá jamás abandonó la prosa. Entre libro y libro (*Por los extraños pueblos*, *El oscuro esplendor*, *Muestrario del mundo o Libro de las maravillas de Boloña*, *Los días de tu vida*, *Cuaderno de Bella sola*, *Cuatro de oros*) iba cosechando cuentos en la penumbra de su estudio habanero, entre ellos dos que acabaron siendo sus consentidos: *El hombre de los dientes de oro* y *Jugando*. A mediados de los sesenta da a conocer un libro sencillamente mágico, *Versiones*, joya de prosa poética (papá odiaba el concepto "prosa poética", pero no se me ocurre otro menos académico) que había escrito a lo largo de muchos años, y permitió la resurrección de su primer cuaderno, aquella "partitura" de tapas acartonadas, algo a lo que se había negado en múltiples ocasiones, como explica en el prólogo a esa edición de *En las oscuras manos...*, porque no quería manosear viejos costurones de su adolescencia. No me canso de volver a *Versiones*. Cada lectura borra la anterior: el libro se rescribe en su reposo. Es un mapa, un mapa que uno debe deletrear para descubrir realmente lo que esconde. Y lo que esconde es su propia sabiduría —o dicho de otro modo: su bondad. "Todos hemos visto a la cigüeña, detenida en el aire del grabado. Qué mirará la cigüeña, preguntamos, desde su alta chimenea, impasible en el aire impasible del grabado. Y volvemos la página, sospechando que su paciencia es más fuerte que el tiempo, más pura que la nostalgia", dice papá. Tiempo después de la aparición de *Versiones* (tuvo una edición en Uruguay), y cediendo a la solicitud de jóvenes devotos, por fin agruparía sus cuentos dispersos bajo el título de *Noticias de la quimera*. Aceptó con una condición: que Rapi dibujara la portada.

Si bien los temas que preocuparon al poeta Eliseo Diego abarcaron un amplio espectro de obsesiones (la muerte, las cosas, lo eterno, lo innombrable), tengo la impresión de que su narrativa nace invariablemente de una experiencia íntima, una vivencia, un azoro. El niño que descubre a La Muerte subida a un árbol, en *Jugando*, sin dudas es mi padre, como también debe serlo la niña a la que acosa "el hombre del diente de oro" durante una travesía marítima. La Muerte, El Diablo, El Negro Haragán, La Señora, El Desterrado, Su Excelencia, El Señor de la Peña, El Laberinto son las barajas de un personalísimo Tarot, y la interpretación de esas cartas podría revelarnos claves para entender las angustias y ansiedades que lo acosaban cuando, encerrado en su estudio, tomaba en la mano su estilográfica, traqueaba el esqueleto y se disponía a exorcizar sus pesadillas. Encerrado en mi estudio, tomo en mis manos su libro, traqueo el esqueleto, y leo: "El mayor de los dioses cabe en la palma de tu mano. Y debe hacerse lugar entre las sillas rotas, las viejas iluminaciones, los búhos de trapo, los vasos atónitos. Muy suavemente debe hacerse lugar, por miedo a que, dormido como estás, no vayas a cerrar los dedos".

Viernes

Mi querido Li.

Ayer te dije que había ido a casa de Julián, me dijeron que habían pasado la tarde en casa de Portocarrero y consumieron un gran turno hablando de ti y… de mí. Dijeron maravillas de ti y de tu obra, que eras una persona extraordinaria (no me dieron detalles, por eso no te los doy). Luego, Tangui me contó que Portocarrero se asombraba de que Milián no me conociera. Le decía, "pero ¿será posible?, si es una mujer maravillosa, es tan femenina y tiene una gracia especial como yo no he visto. Es, sencillamente, deliciosa". ¿Qué te parece? Lo más gracioso es que el bueno de Portocarrero no me *conoce*, en su vida ha cambiado una palabra conmigo. ¿De dónde tendrá datos tan *exactos*? ¿No sabes que se peleó con el viejo Gastón? Resulta que Gastón dijo en la Marina algo de los premios que dio el Ministerio, en que se veía que no estaba de acuerdo con los dados a Portocarrero. Entonces Milián, Portocarrero y Mariano —que fue el que los achuchó— se personaron en la finca de Gastón y ¿no sabes a quién encontraron repanchingado en una hamaca?: al gran Lezama. Entonces Mariano, que parecía el más indignado y que fue el de la idea, inició una gran cháchara con el Gastón. Sorprendido de esa actitud y, naturalmente, indignado, Portocarrero se encaramó en una silla y descolgó un cuadro que Gastón no había todavía pagado. Entonces el inefable Milián fue a un humilde rinconcito donde había un cuadrito chiquitico de él y lo descolgó también. Dice Portocarrero que Gastón se puso cenizo. Portocarrero vio en otra esquina otra cosa de él y se abalanzó para descolgarlo cuando el Gastón le dice "un momento, que ése yo lo pagué". Portocarrero obedece y se marcha con Milián y con su carga para La Habana en medio de la censura de Lezama y de Gastón. Mariano se fue con ellos pero no quedó airoso en ninguno de los dos bandos, ¿qué te parece? ¿No están todos rematadamente locos? ¡Qué bueno es, amor, saber lo que es la cordura y el buen sentido! [...] Escríbeme y cuéntame qué haces, que eso me da fuerzas, y quiéreme mucho, por lo menos la mitad de lo que te quiere tu Yita.

10.

"¡Qué maravilloso día el de ayer, Rapi!", le dijo mamá a mi hermano durante el desayuno: "Vinieron Octavio, Agustín, Dinorah, Fina, Cintio, Roberto, Adelaida… ¡y nos pasamos toda la tarde llorando!" Sólo Bella Esther se atreve a decir una frase semejante: por eso desde nuestra infancia sus hijos le empezamos a decir La Loca, La Loquita —porque lo es—. Una iluminada. Cocinera poco habilidosa, podía confundir los frascos y adobar el pollo con azúcar o salar el café o echarle pimienta en polvo al arroz con leche, segura de que "la canela" le daría un gusto distintivo. Sobre ella descansaba y descansa el fiel de la balanza familiar, el equilibrio: nos ha sostenido siempre en el aire sin dejarnos caer, como pelotas de un malabarista. Podía ejecutar muchas tareas simultáneas (cantar un tema de Frank Sinatra, escribir una carta, atendernos, zapatear un tap con tía Fina a la cadencia de Ruby Keeler, incluir fotos de sus nietos en el álbum, escuchar las quejas de papá, aconsejarlo) y cada una resolvía en buenos términos —incluido el almibarado pollo a la cacerola—. Nada la asombra, ni el error. En el corrillo de los poetas de *Orígenes* se ganó el apodo de "El Lacrimómetro". Los poetas iban a Villa Berta no sin cierta timidez, temor, mansedumbre, y hacían fila para leerle sus poemas recientes. Marcaban turno por estricto orden de llegada: Cintio Vitier, Fina García Marruz, Gastón Baquero, Octavio Smith, José Lezama Lima, el padre Ángel Gaztelu, Roberto Fernández Retamar, Cleva Solís, Roberto Friol, Isidorito Núñez. El autotitulado secretario de actas, el austero lector Agustín Pi (conocido por el sobrenombre de El Turco Sentado) y los demás miembros del tribunal (podio integrado, según la época, por ensayistas tan respetables como la doctora Adelaida de Juan o el historiador Francisco Chavarri o el músico Julián Orbón o el primer actor argentino Francisco Petrone) calculaban la calidad del texto en proporción directa al torrente de sus lágrimas. Ninguno de los poetas se atrevió a discutir el veredicto de Bella, pues habían aceptado, ansiado, someterse a su adorable método crítico. Los lagrimales de mamá eran juiciosos, literariamente correctos: a partir de cinco gotas, estaba listo. Cuatro, de acuerdo. Tres, debería ser trabajado. Dos, lindo. Una, en fin. Cero lágrimas, a la basura. Pocos versos acabaron en el cesto, debo decirlo en ánimo de no parecer exagerado, pero al que le tocaba, le tocó. La ley era pareja. Sus pupilas no tenían privilegios.

Papá abandonaba la sala en plena lectura y dolido, vejado, requería solidaridad entre sus hijos: "Tu madre no me entiende. El soneto vale. No fastidien. No me digan que es peor que la elegía de Roberto o el tristísimo poema de Friol o el canto llano de Cintio, y a su cuñadito, por ejemplo, le regaló lágrimas a chorros, y a mí, ¿no la vieron?, unas tres de limosna. Es demasiado severa conmigo. Ya no me quiere. La canso. Soy un paquete. Debería desaparecer del mapa". Nosotros escuchábamos su alegato, tratábamos de comprender sus argumentaciones porque es derecho humano que todo ofendido tenga una posibilidad de defensa, pero le respondíamos con un golpe de cabeza, un gesto de cristiana resignación, y nos íbamos a jugar parchís con los primos. Al final del domingo papá acababa por reconocer su derrota ante el alejandrino de Fina o los octosílabos de Octavio y a regañadientes escondía su manuscrito en la gaveta del escritorio, entre papeles banales. Mamá encendía la lámpara del comedor, nos sentábamos a la mesa en círculo, y de cucharada en cucharada nos terminábamos el picante arroz con leche de La Loquita. ¡Qué buen día, caramba: nos pasamos toda la tarde llorando!

El primer poema que ablandó a mi madre, y como sólo sabe debilitarse de amor una muchacha de veinte años, fue "Nostalgia de por la tarde". Al publicarlo (*En la Calzada de Jesús del Monte*), aparece dedicado a Bella. El poeta habla de su padre a una interlocutora que es su confidente y apoyo ("que tengo que soñarlos, mi amiga, tan despacio"). La evocación de la ausencia, más que de la presencia, del modelo paterno se construye desde el desgarramiento, desde una lejanía que, aunque el poeta lo niegue, conmueve:

El que tenía la costumbre de poner las manos
sobre la mesa blanca, junto al pan y el agua,
traje riguroso de fervor y alpaca,

y aquella su esperanza filial en los domingos,
ya no conmueve nunca el suave pensamiento de la
[fronda
con el doblado consejo de su paso.
[...]
Porque quién vio jamás
pasar al viejecillo
de cándido sombrero bajo el puente
ni al orador sagrado en la colina

El último verso sólo se entrega a alguien que uno quiere sin límites: "Porque quién vio jamás las cosas que yo amo". Como en casi toda la poesía de Eliseo Diego, un tono conversacional, narrativo, recorre el poema, y es precisamente por esa manera de decir que luego los jóvenes escritores de los sesenta lo sentirían, al decir de Luis Rogelio Nogueras, "uno más del grupo, probablemente el más atrevido". Ese "jamás" nos sugiere que papá ya no regresaría a Villa Berta, donde quedaría preservada la imagen del abuelo ("en un principio la mesa estuvo realmente puesta, y mi padre cruzó las manos sobre el mantel realmente, y el agua santificó mi garganta", se lee en otro poema de *En la Calzada...*), y cierra la reja de entrada sin volver la vista atrás, abrazado a esa "amiga" en quien confía: Bella ("Escribo todo esto con la melancolía de quien redacta un documento"). En ese libro de *adioses*, verdadera bitácora de una travesía, la de su vida hasta ese instante, aparecen referencias a la familia, entre ella varias y contundentes sobre la abuela Amelia ("el hígado morado de mi abuela y su entierro / que nunca hicimos como quiso porque llovía tanto

[…] Ella siempre lo dijo: tápenme bien los espejos que la muerte presume. / Mi abuela, siempre lo dijo: guarden el pan, / para que haya con que alumbrar la casa"). También sobre su padre. "Tendrá que ver / cómo mi padre lo decía: / La República. / En el tranvía amarillo: / la República, era, / lleno el pecho, como / decir la suave, / amplia, sagrada / mujer que le dio hijos […] Yo, que no sé / decirlo: la República". Tendrían que pasar cinco años para que papá regresara a aquella casa, en rol de jefe de una familia amplia, y doce para que volviera a publicar un poemario sobre Arroyo Naranjo. *Por los extraños pueblos* narra ese retorno. Es un libro menos desgarrado. El primero, quizás, que mi madre aprobara verso a verso con sus lágrimas:

Más allá de las tablas y los plátanos,
al otro lado recio de la tierra,
está la noche desvelada y pura.
Y es el humo de la casa lo que vieron

¿Acaso es el humo de la casa lo que estaba viendo?
¡Eso era!

La Habana,
2 de agosto de 1946

Querido Eliseo: Hoy hace cuatro días que no sé de ti. ¿Estás enfermo? Tu Cucusa no hace más que vigilar al cartero por la mañana, por la tarde y hasta de noche, que siempre abrigo la esperanza de una "entrega especial". ¿Te parece bien, novio ingrato, que te pases tantos días sin escribirme? No te das cuenta, Eliseo, que no hago más que esperar, y si tú no me escribes estoy perdida, peleo con todo el mundo por cualquier cosa, no tengo ganas de nada más que de pensar cosas tristes y hacer pucheros. ¿Por qué no le escribes a tu Cucusa? Yo confío en Dios que esta tarde sabré de ti. ¿Tú crees que me defraude? [...] Como soy tan zoqueta, no le digo nada a nadie, pues no quiero reconocer en público que mi novio no me escribe, porque si luego no estuvo enfermo, como deseo, me tiro la gran plancha. Sólo me queda, pues, recomerme mi pobre hígado, muy quebrantado desde tu partida, y hacer sufrir un poco a la buena de Kiko, con mis lamentos y ataques de cólera. ¿Qué te parece el cuadro? Calderón puro, ¿verdad? Pues nada de farsa, se trata de un hecho real y tristísimo. Así, Cucuso, que a remediar estos momentos tristes de tu Yitina y a hacerme una larga carta, llena de arrepentimiento y cariño. De lo contrario, será usted sometido a la misma tortura, pero como es avisada y carecerá, por supuesto de la angustia de si estaré enferma o no, no le diré cuándo dejaré de escribirle, novio querido. Cucuso, sin bromas, de veras que estoy intranquila, ya no tanto como cuando empecé a escribirte, porque parece que es verdad que hablando se entienden las cosas mejor. Así es que estás perdonado, justificado, absuelto de la revancha y más querido por tu novia. Como hemos hecho las paces, se impone un suco. Y ahí va, Eliseo, lleno de cariño de tu novia.

11.

El abuelo asturiano había llegado a La Habana con un hijo a cuestas, por entonces un muchacho sin una educación esmerada a quien él debía abrirle camino en una isla de la cual, si acaso, le habían contado por cartas un par de paisanos de Infiesto. Se llamaba Constante pero le decían Constantico. Dieciséis años mayor que papá, llegó a ser un empresario habilidoso que pronto invertiría su capital en las minas de Matahambre, en la provincia de Pinar del Río ("la Cenicienta de Cuba"), con tan buena suerte que una tarde encontró la veta que le permitiría acumular una fortuna de "seis ceros" —como le escuché alardear alguna vez, medio en broma y medio en serio—. Vivía en un departamento de lujo en El Vedado de nuestros tropicales rascacielos, con terraza, toldos y vista al malecón, decorado con figuritas de porcelana y floreros de fino mal gusto. Visitaba Villa Berta por las festividades de Nochebuena, siempre con una cesta de mimbre envuelto en celofanes que ocupaba el asiento trasero de su Ford Lincoln Continental último modelo, color mandarina. Navidad tras Navidad se repetía la ofrenda y yo tenía la impresión que eran las mismas frutas que merendamos el año anterior, las mismas nueces y avellanas, el mismo surtido de turrones y hasta las mismas tarjetas de felicitación para cada uno de sus tres sobrinos. Rapi siempre tenía un regalo especial, pues Constantico era su padrino de bautizo. El tío llegaba a media mañana, tocando el claxon desde la puerta de la finca para que todos supiéramos que se acercaba el Rey Mago de la familia. En épocas de estrechez económica, Constantico se había casado con el gran amor de su vida, la atractiva Cuca "Mis ojos", una cubana bastante mayor que él de cintura estrangulada y caminar provocativo que iba dejando a su paso un rastro de perfumes dulces como doble prueba de aquella repentina opulencia, por una parte, y, por otra, de un pasado un tanto vago o calenturiento que ella no sabía disimular, ni siquiera con el tinte del cabello y los collares de perlas. Papá se alegraba al verlos, pues sentía por su hermano un cariño auténtico —y por su cuñada, una pícara simpatía—, pero acababa lamentándose de la brevedad de aquellos encuentros que duraban apenas lo que el almuerzo, pues consumido el postre (frutas, turrones, avellanas), el tío de cadenas de oro, espejuelos oscuros y relojes más caros que un elefante emprendía la retirada en su mandarina Ford Lincoln Continental, haciendo rechinar los neumáticos. La criollísima Cuca "Mis Ojos" nos decía adiós con la mano, hasta la próxima cesta de diciembre. Mis hermanos y yo creíamos escuchar el tintinear de sus alhajas entre el cacareo de las gallinas que, engrifadas por el rugir del Ford, protegían a sus polluelos bajo la sombrilla del ala.

La única Navidad que Constantico y Cuca "Mis Ojos" no visitaron Villa Berta fue la de 1958.

"El horno no está para pastelitos, Eliseo", pudo haber dicho tío al excusarse. "Los rebeldes tomaron anoche Santa Clara". En un santiamén cerraron a calicanto sus posesiones, envolvieron en papel de china las porcelanas y los floreros, y buscaron refugio en Miami, convencidos como muchos de que el gobierno de Estados Unidos no permitiría una revolución tan roja a noventa millas de sus costas. Se equivocaron. Lo perdieron todo, absolutamente todo —inclusive las ganas de reemprender la cuesta desde el nivel más ínfimo—. Los antiguos socios de las minas de Matahambre no le ofrecieron contrato de trabajo. Desconfiaban. ¿Cómo un empresario con las espuelas de Constantico, y sus contactos políticos, no tuvo la prudencia de transferir a tiempo algunas cuentas bancarias? Tío dio tumbos por la Calle 8. A duras penas consiguió el puesto de encargado en un edificio bastante más chato que el suyo en La Habana, con derecho a vivienda. Habitaba el departamento del fondo, sin vista a la calle. El destierro es implacable. Lame. Roe. Nubla. Nunca escribió una carta. Ni una postal por Navidad. Ni un telegrama. Lo poco que supimos de su desgracia fue por referencias de terceros, y ese poco fue suficiente para que mi abuela Berta, su madrastra, rezara por él noche tras noche.

Cuca "Mis Ojos" murió a principios de los setenta. Constantico pudo enterrarla en el sector más barato del cementerio, al descampado. Otoñaba. Poco tiempo después, dicen, el viudo decidió vender sus precarias pertenencias. Dejó la covacha en los huesos, dicen: quedó la cama, un juego de cubiertos, una foto de la boda enmarcada en plata y una pistola. Dicen que el dinero del remate le alcanzó para comprar un árbol crecido, de amplio ramaje, y que logró sembrarlo detrás de la tumba de su esposa, sobre la cabecera. Aguardó a que las raíces se adaptaran a la arena del terreno. Eso dicen. Que esperó a que terminara el invierno y que los tallos floreciesen en la siguiente primavera y que reverdecieran los frutos en el verano. Vagabundeaba. Otros dicen que no, que entrado el nuevo otoño se hizo un chequeo en el hospital de su seguro médico, pulmones, corazón, colesteroles, "exámenes de rutina", dijo; ¿tendría la esperanza de que "la vela" se apagara sin verse en la obligación de cometer una locura?

La mañana del primer aniversario de la muerte de Cuca "Mis Ojos", el hermano mayor de mi padre, un hombre que no era especialista en los detalles, un hombre al que nunca se le escuchó un comentario agudo sobre la poesía o las penurias del prójimo, un canoso minero enamorado, se vistió de punta en blanco, dicen, limpió los mocasines con una franela, caminó hasta el cementerio (¿qué iría pensando?) y en una última y española reverencia se ahorcó de la rama más fuerte del árbol. Dicen que pasó la noche allí colgado —péndulo fijo—. Sin embargo, están los que atestiguan que se mató de un tiro, a la salida del hospital, ¿le habrán confirmado la mala noticia de que estaba sano? Lo cierto es que lo enterraron junto a ella, bajo el árbol. Alguien debería tallar sus iniciales en el tronco: C y C. Sería un epitafio justo. Por esas fechas, papá se reponía de su primer infarto y mamá le ocultó la tragedia. Luego sabría del suicidio de Constantico, claro, y del árbol, la cuerda o la pistola. Nunca se lo reprochó. Nunca. Sé que papá pensó varias veces en esa posibilidad como una solución terminal, descorazonadora. Su fe le aguantó la mano. Todas las tardes, al levantarse de la siesta, cerraba las ventanas de su estudio, se recogía en su piel y comenzaba a rezar en voz baja, no sé de qué arrepentido. "Mi hermano era como era", dijo papá. Pobre tío: sí, era como era. Sin "Mis Ojos" se veía ciego. Dios perdona, o debería perdonar, a los que se suicidan por amor.

Los mil ejemplares de *Por los extraños pueblos* estuvieron veinte años en la biblioteca de mi casa, en el estante superior del librero, cerca del techo y todavía envueltos en papel de estraza, hasta que yo abrí el último paquete de cien unidades y le solicité a papá que escribiera una dedicatoria a una muchacha delgada, modelo de pasarelas, con quien había quedado en vernos a la entrada de un cine, método de conquista que mi hermano también utilizó a menudo, para alegría de la pretendida y satisfacción del pretendiente. La edición había estado lista desde principios de 1958, pero mi padre decidió guardarla completa porque corrían tiempos de rebelión nacional y en días así, de balazos y torturas, la vanidad puede entenderse por banalidad. Los ejemplares que circularon fueron los que papá regaló, pues nunca estuvieron a la venta en librerías. "Es así que ahora todo nos falta. Si alguien nos ofreciera un poco de café nos salvábamos / porque la casa deshabitada es adusta como la justicia del fin". Al triunfo de la Revolución, el novelista Severo

Sarduy logró leer *Por los extraños pueblos* y publicó en la prensa un artículo donde afirma que el poeta Eliseo Diego no existe, que el autor de *En las oscuras manos del olvido*, *En la Calzada de Jesús del Monte* y *Divertimentos* era una ocurrente invención de sus amigos, y basaba su tesis en el hecho de que nadie lo había visto en persona. Severo agradece el surgimiento de un mito en medio de la aridez y los floripondios de la cultura oficial, entumecida en liceos de sociedad. Alguna razón tenía, al menos con respecto a su invisibilidad, pues mi padre se mantenía a distancia de los mundillos intelectuales, encerrado en su estudio de Arroyo Naranjo, y desde la desaparición de *Orígenes* apenas daba a conocer sus textos en las revistas. Abuela Berta guardaba el recorte de Severo entre sus cajitas de botones. Lo cierto es que el tal Eliseo Diego seguía siendo un enigma para muchos, y que llevaba casi dos décadas sin presentar un libro en público, si descontamos la secuestrada edición de *Por los extraños pueblos*, cuando en 1966 La Casa de las Américas lo invitó a participar en el ya histórico Coloquio por Rubén Darío, una fiesta continental que prometía ratos agradables porque, entre otros atractivos, tendría por sede la playa de Varadero. Los jóvenes escritores Raúl Rivero, Luis Rogelio Nogueras y Jesús Díaz recuerdan que durante la bienvenida que le dieron a los participantes en la cava-bar de Dupont, un castillo francés de tejas verdes levantado sobre los arrecifes de la costa, se comentaba que un incógnito Eliseo Diego y Fernández Cuervo se había hospedado en el hotel. A la espera de su llegada a la taberna, pedían mojitos y rones añejos a un empleado de blanquísima guayabera. "Otra ronda de lo mismo, compañero", ordenaban desde la mesa: "¿Unos chicharrones?", sugería el atento mesero. En una de esas idas y venidas, se sumó al grupo Roberto Fernández Retamar y los jóvenes, viejos alumnos suyos, le preguntaron quién de todos era el mítico Eliseo, pues no lo conocían y deseaban darle testimonio de una admiración generacional. "Él", respondió Roberto y apuntó de dedos hacia el señor que se acercaba con la bandeja de los tragos: el mesero de la inmaculada camisa campesina. "Lástima que en este país hayan prohibido la propina", dijo mi padre al saludar. Dos mosqueteros de la poesía asumieron la defensa del gran nicaragüense: el mexicano Carlos Pellicer y Eliseo Diego. "Amigo, el tiempo que no cree en nosotros / nos lleva el pan, el corazón y el día / como a las nadas del otoño muerto", tronó mi padre al subir a la tribuna y leer su *Responso por Rubén Darío.* Ese mismo año lo visitarían en Villa Berta los poetas Otto Fernández, Sigifredo Álvarez Conesa y Félix Contreras para pedirle algún manuscrito inédito. Aún los veo avanzar a los tres en plena noche por el paseo de las palmas arroyonaranjeras, midiendo cada paso, dubitativos, y a papá esperándolos en el portal, bajo el farolito, igual de nervioso que ellos, pues después de tanto tiempo lejos del ruedo editorial dudaba si ése sería el mejor momento para multiplicar el eco de sus versos. Se conformaba con sus ediciones pulcras, caseras; se había resignado al anonimato. Los poetas se marcharon dando brincos con una joya bomba bajo el sobaco: *El oscuro esplendor*, tal vez el libro más perfecto de Eliseo Diego. Dos o tres años más tarde, sería Nicolás Guillén quien fuera a verlo al cubículo de la Biblioteca Nacional donde papá trabajaba para arrancarle (¡la bolsa o la vida!) un nuevo poemario: *Muestrario del mundo o Libro de las maravillas de Boloña*. Papá agradeció la gentileza del grande Nicolás, pues hasta los biógrafos que lo endiosaron en vida aceptan que su camagüeyana inmodestia le dificultaba reconocer méritos a sus contendientes: el título de "Poeta Nacional" lo defendía a verso limpio. Papá lo admiraba sin recelo. Ese mediodía almorzaron en La Bodeguita del Medio y quedó sellada una amistad juguetona a salvo de presunciones fatuas. Con la publicación de *Muestrario del mundo...* terminó el mito del "poeta inexistente", anunciado por Severo Sarduy, y en el lugar de su vacío cobró cuerpo otra figuración, igual de merecida: la de un Eliseo Diego visible y generoso. La aparición de *Nombrar las cosas*, un bolsilibro que antologaba la obra de papá, incrementó el círculo de sus lectores. En especial, jóvenes lectores.

Los universitarios que paseaban por la Avenida de los Presidentes rumbo a la Facultad de Humanidades o la Escuela de Periodismo se detenían en la esquina de las calles G y 21 a observar al poeta a través del ventanal de su estudio; se sentaban en las bancas del parque, como en el palco oblicuo de un teatro, a disfrutar el instante supremo en que aquel marcial "duende de barbas" buscaba algún libro en el estante, encendía su pipa de timonel de trasatlánticos o se quedaba dormido en la poltrona. Los jóvenes estudiantes que se atrevieron a tocar a la puerta del departamento siempre la encontrarían abierta, pues no hubo en La Habana de fin de siglo un poeta tímido, triste, solitario, pretencioso, suicida, de tierra adentro, crítico, jodido o altanero, no hubo en la ciudad una poeta provinciana, melancólica, eufórica, de ojos claros o de ojos pardos, de jeans o minifalda, desesperanzada o coqueta que mi padre no recibiera con los brazos en cruz y les regalara horas de amena conversación. Les leía sus versos, escuchaba los de ellos. Bebían aguardiente de caña. Si había que llorar, lloraban. ¡Benditos: cuánto lo acompañaron! Por eso, la noche de sus funerales decenas de muchachos y muchachas se posaron en los sillones del salón, al fondo, en los límites periféricos de la capilla, y yo sabía que estaban sufriendo en las tripas el dolor de haber perdido un buen amigo. Lo dijo Octavio Paz: a Eliseo sólo le faltaba morir para entrar de lleno en la leyenda. De a dos, y de la mano, las parejitas se asomaban fugazmente al ataúd y raspaban el acrílico con las uñas.

La Habana,
21 de julio de 1946

Mi querido Eli: Cuando menos me lo esperaba, recibo de labios del joven de los bajos, la noticia que del cable querían hablar conmigo. Llamé voladita a esa oficina y una muchacha me leyó tus letricas y me dijo que esperabas respuesta. ¡Huipi! Casi una larga distancia sólo que un poquito más larga. "Tiene pago hasta 126 (centavos)", me dijo, "y las palabras", me contestó, "son a 0.7 y medio centavos". Lo que hacían:

18 palabras a 7: 126

16 palabras a 7.5: 120

Sobraban 6 centavos que no estaba dispuesta a desperdiciar y me dispuse a redactar mi cable de respuesta. Después de poner la dirección, que constaba de 9 inútiles palabras, escribí:

1. Estoy bien. No tengo apremios. ¿Dolió? Cariños. Bella.

2. Bien. ¿Cómo dos? ¿Dolieron? Cariños. Etc.

3. Bien. Sin apremios. Sin fiebre. ¿Bien? Bella.

4. Es sólo catarro. Escribe cordales, etc.

Bueno, Cucuso, que me armé un lío para decirte que estaba bien, que no te preocuparas, que nadie se ocupaba de darme premios, que te extrañaba, que te cuidaras, que me quisieras, que me escribieras sobre tus cordales, etc. A pesar de la brevedad de las redacciones y de su incoherencia, tuve que reducirlo mucho más, pues tenía que pagar unos impuestos y pagar unas letras (L. C.) que aclaraban que era cable diferido. ¡Cómo si no me hubieran dolido bastante los S. W. de la dirección! Los americanos y sus dichosas iniciales. Yo me hubiera sentido mejor si en vez de S. W. hubiera puesto South West, por lo menos eso es algo, pero nada, Cucuso, que por buenas que sean las empleadas de esas oficinas no entienden ciertas cosas. Una de las veces, cuando pensé escribirte "Sin premios", quería añadirle "¡Gua!", pero la risa mía en el teléfono y la ansiedad de la muchacha por entender lo que yo quería decir me hicieron desistir. Después, cuando le dije "Estoy bien", me entró tos y la muchacha, que ya era compinche mía, me dijo que si tú me oías toser, no ibas a pensar lo mismo.

No te preocupes, Eli, por lo de la tos, que fue sólo que el humo del cigarro se me fue de excursión por caminos abandonados. Quiero que sepas que sólo tengo catarro, ya muy debilitado, que no he tenido fiebre ni he tenido que coger cama. Todo lo contrario, me paso el día trotando para todas partes y paseando mi tos, un poco alardosa, por toda La Habana. Lo único que me ha impedido es ir a Perrote, y eso sólo por consideración a él. No te angusties, Cucuso mío, ya sabes que la Yitina maneja con mucha habilidad esos catarrines.

12.

Una mañana de 1989, papá mecanografió un par de cuartillas de lo que sería una segunda novela; "de aventuras", según me dijo bajo la enredadera de picualas que cubría la pérgola de nuestra casa en El Vedado. Encabezaba el boceto la cita de una tonada que a él le gustaba tararear cuando se sentía entre amigos, motivado por los rones, pues no era especialmente bueno para el canto, menos para seguir el ritmo del montuno con que finalizaba la versión cubana: "¿Cómo quieren que una luz / alumbre dos aposentos? / ¿Cómo quieren que yo quiera / dos corazones a un tiempo? / ¡Así no, papacito, así no!". Esos dos folios demuestran que la trama comenzaba a tejerse por los días de la batalla naval de Santiago de Cuba, cuando los cañones yanquis hicieron tiro al blanco contra la flota del almirante Pascual Cervera y Topete, uno de los héroes inmaculados de papá, quizás porque pasó a la historia como un ilustre perdedor. Por lo que me dijo, sé que los hilos dramáticos habrían de anudarse treinta años más tarde, en el agujero de una trinchera española, durante un combate de la Guerra Civil donde coincidirían dos desertores: un negro de Nueva Orleáns, miembro de las brigadas internacionales, hijo de uno de los fogoneros de la armada norteamericana del 98, y un gallego franquista que había sido grumete de Cervera. En menos de lo que demora contarlo, ambos olvidan que son enemigos y, bajo fuego cruzado, rompen a hablar de aquella remota aventura en Cuba, lo cual daría entrada al segundo capítulo. Sólo existen esas cuarenta líneas.

A finales de febrero de 1994, papá escribió sus dos últimos poemas. El más conocido es *Olmeca*, un texto en prosa, de aliento ancho, que narra un episodio en apariencia irrelevante: un niño príncipe, hijo de un rey tabasqueño, se ríe de las muecas que le hace el maestro escultor que habrá de inmortalizarlo en piedra, mientras su enojona "hermanita" los regaña por alguna causa no muy clara, quizás porque el artista le ha sacado la lengua a su risueño hermano, una insolencia seguramente reprochable, dada la jerarquía del modelo.[18] El manuscrito tiene pocas correcciones, apenas un añadido en el margen izquierdo de la cuartilla que da entrada a la hermanita enojada. Está firmado a pie de página. En la versión mecanográfica, incluye dos elementos nuevos. El primero, una negación retórica que reafirma la primera declaración de risa: así, papá adelanta un "Yo, no" antes del verso "Yo estoy muerto de risa". La segunda novedad viene luego de un punto y seguido en la oración "Tan serios y con las caras llenas de pelos como monos". Ante su máquina de escribir eléctrica, el poeta decide precisar la imagen: "Pero como feísimos monos

[18] Publicado póstumamente por la Universidad Nacional Autónoma de México en coedición con Ediciones El Equilibrista.

blancos. Feos monos blancuzcos, lívidos, con las carotas llenas de pelos". En la palabra "blancuzcos" hay una corrección de tinta blanca, prueba de un pequeño error mecanográfico, al teclear al vuelo. Tres asteriscos al centro de la hoja sugieren que el poema, aquí sin rúbrica, debía continuar. Si tenemos en cuenta el momento en que fueron escritos, los versos que rematan el poema (y con él, la obra literaria de Eliseo Diego) adquieren el sabor de un guiño de ojo, de un adiós en clave: "No puedo evitarlo. Es descortés, pero ustedes me dan más risa que nada. / Es cierto que estoy muerto y que ustedes me miran y están vivos. / Pero yo estoy muerto de risa".

13.

Papá dedica su penúltimo poema, *Os recuerdo a vosotros*, a cuatro amigos muy queridos, entre ellos el parlanchín Severo, un asturiano con "perfil de águila seca" que trabajara a las órdenes de mi abuelo Constante de Diego, y Manuel Naya, el único compinche que conservó de su temprana juventud: "niño descomunal y cándido". El Gordo Naya era un ermitaño apacible, sin ninguna pretensión intelectual, que tenía un taller de bicicletas en el garaje de su casa en Marianao y daba clases particulares de inglés a quien se dejara. Aficionado a la mecánica y al automovilismo, capacitó a papá en el arte de manejar con prudencia. Con casi dos metros de estatura, cuello de toro, antebrazos de ogro pero pies de foca, planos y desparramados, al caminar se bamboleaba como los mastodontes de los cuentos de Hans Christian Andersen. "Tus sogas y trapecios traías a mis hijos, y tú los enseñaste a trepar, a iniciarse a través de los limpios abismos de los aires", dice papá: "feliz en un Olimpo de solecillos rústicos". El loco del Gordo había comprado un terrenito de cuatro metros por ocho en una de las colinas de Guanabo, allá por los balnearios del este de La Habana, una posesión tan mínima que para hacerla habitable arrastró hasta ella la carrocería de un autobús en desuso y, encaramada sobre cuatro pedestales de hormigón, la convirtió en una singular "cabañita de playa". Manuel Naya llevaba un cuarto de siglo muerto cuando mi padre lo resucitó en un poema que posee la textura de una carta íntima.

Papá debe haberme leído el manuscrito de *Os recuerdo a vosotros* el domingo 28 de febrero del 94, cuando fui por él para llevarlo en mi coche a la pachanga que el trovador cubano Alejandro García "Virulo" le había preparado en su casa con la esperanza confesa de revivir en Ciudad México aquellas lejanas tertulias habaneras. La referencia al Gordo Naya nos debilitó hasta el punto de rendirnos sin defensa a la nostalgia de esos veranos felices. Descorchamos una botella de vodka y evocamos la guagua en la punta de la colina, las hamacas que colgaban de ventanilla a ventanilla, sus zapatones de payaso, la jungla de sogas que tejió entre los árboles de Villa Berta para convertirnos en "exploradores del Amazonas" y la descabellada ocurrencia de navegar el río Almendares en una balsa de cañabravas, desde el nacimiento hasta su desembocadura en los merenderos del Bosque de La Habana. "¿Sabes que Naya era tan perfeccionista que cambió sus dientes de hueso por una dentadura postiza pues quería probar si la prótesis le mejoraba su dicción del inglés?", me dijo, ya en el coche, camino a casa de Virulo: "La lengua atacaría en el ángulo correcto, apoyada contra un cielo de boca más pulido". Le reían los ojos. Fue en casa de Virulo, luego de una espléndida mesa repleta de camarones y quesos deleitosos, rones y vinos, durante la esperada conversación de sobremesa, que papá mencionó la posibilidad de una vida, otra, en la memoria. Sus reflexiones abordaban el tema en "lo general", lo poético, pero yo sabía que estaba hablando de Naya. Le dolía que nadie recordara a su veterano amigo, salvo él; el único pero efímero consuelo era la certidumbre de que ninguna persona estará "ausente del todo", mientras haya alguien que no la olvide. Ya de regreso a su casa, como al descuido (se me pone la piel de gallina), papá me dijo que pronto, tal vez demasiado pronto, volvería a ver a Naya, y sería conveniente que el Gordo fuera preparando una apoteósica bienvenida: ahora tendría que enseñarle a atravesar paredes y, de ser aceptado, algunas técnicas de vuelo de los ángeles, "aunque sean, hijo, las más elementales". Nos bebimos tres cuartos de la botella de vodka que habíamos abierto antes de partir rumbo al buen Virulo. Cuando dos meses después me vi en la dolorosa obligación de recoger el departamento de la calle Amores, que había quedado patas arriba después de nuestra estampida a La Habana por el entierro de papá, hallé el poema de Naya en una carpetas de forro violeta. Sentí vértigo. La casa olía a lentejas. Me tumbé sobre una de las cajas de la mudanza y me apuré el fondo de aquel litro de vodka, olvidado entre cacharros de cocina. En la dedicatoria de *Os recuerdo a vosotros*, se lee: "A Manuel Naya y a María del Carmen, y a María y a Severo, vivos sólo en mi memoria. Para que Lichi a su vez los guarde". María del Carmen Garcini fue una entrañable amiga de mi padre y su asistente principal en la sala infantil de la Biblioteca Nacional de Cuba. No hubo día que no la extrañara. María García fue la amorosa cocinera de Villa Berta. Murió en su casita de Arroyo Naranjo. "En mi memoria estáis, en un país bien triste", afirma papá en su poema. A la dedicatoria inicial, el poeta había añadido esta solicitud, desde el estribo: "Para que Lichi a su vez los guarde". Cumplo.

"Yo volví avanzada la tarde a este pueblo. Caminé de la estación a mi casa entre los sembrados geométricos de los chinos, cuyas inflexibles líneas eran las mismas de cuando me marché. Cierto que mi abuela, mi gran abuela de moño blanco, no alabaría ya la bendita frescura de las coliflores y lechugas". Ojalá espíe los sueños de mamá, de sus tres hijos, de sus dos nietos, de su ejército de sobrinos, de sus leales amigos y de sus incontables lectores. Así confirmará lo que debió suponer que sucedería al ausentarse sin despedirse de nosotros, al menos sin despedirse con esa cortesía tan De Diego: cuánto lo seguimos necesitando acá abajo, en este mundo insensato, sí, insensato pero glorioso, y con qué cariño, respeto, admiración, se le nombra en su pequeña isla atolondrada por las turbulencias de la cuaresma y los vendavales bucaneros del verano, una isla mareada, de efímeros inviernos, sin derecho a otoño pero altanera e irresponsable como Dios manda. Entonces papá tendrá pruebas de cuánto se le extraña aún en aquella casona de Arroyo Naranjo, la suya, mía, nuestra, de La Habana, cubana, una posesión de la memoria que comienza a derrumbarse ladrillo a ladrillo, dejando una montañita de polvo en la palma de unas oscuras manos —las del olvido—. Su vida se desmorona en medio de una rugiente avalancha de luz, se esfuma, sí, se transparenta, pero sólo para reedificarse verso a verso en la monumental literatura que él, al huir ahogado, nos testó en herencia. Rueda por el piso un mango mordido. Y escucho reír a un niño de seis años tras mi puerta.

Índice

La novela de mi padre de Eliseo Alberto
se terminó de imprimir en marzo de 2017
en los talleres de
Litográfica Ingramex, S.A. de C.V.
Centeno 162-1, Col. Granjas Esmeralda, C.P. 09810
Ciudad de México.